転《てん》生《せい》魔《ま》王《おう》のネット戦《せん》略《りゃく》 1

作：ないとしえみ
絵：しらたま

JTBパブリッシング

もくじ

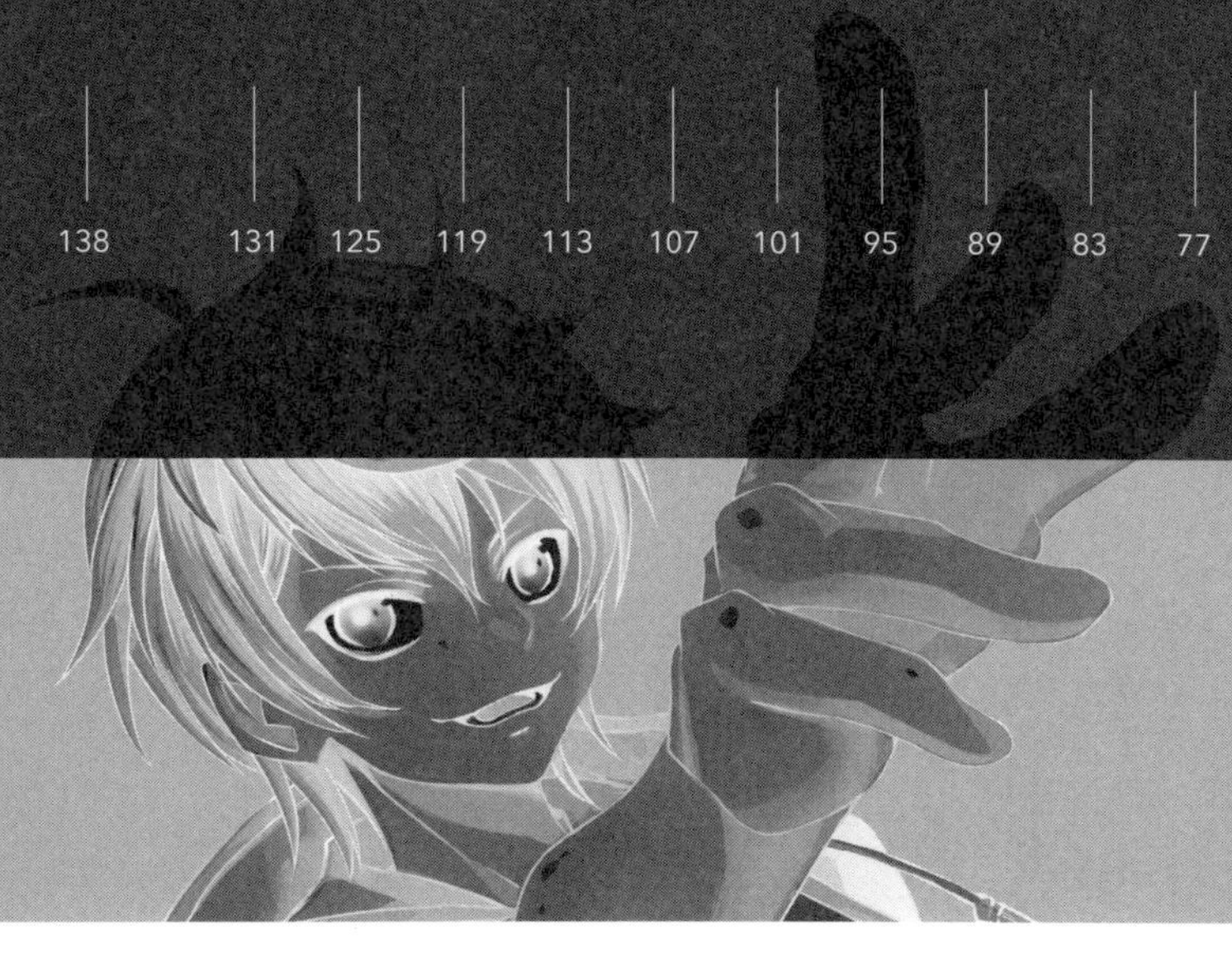

登場人物《とうじょうじんぶつ》

大崎《おおさき》マオウ

魔界《まかい》の大魔王《だいまおう》の子《こ》（魔王《まおう》）。人類最強《じんるいさいきょう》の武器《ぶき》=インターネットについて学《まな》ぶため、魔界《まかい》から転生《てんせい》してきた。「俺様《おれさま》」で偉《えら》そうだがメンタルは弱《よわ》め。

大崎《おおさき》レン

インターネットに詳《くわ》しい小学《しょうがく》5年生《ねんせい》。突然《とつぜん》、家《いえ》に転生《てんせい》してきたマオウとの日々《ひび》に悪戦苦闘中《あくせんくとうちゅう》。冷静沈着《れいせいちんちゃく》で突《つ》っ込《こ》みが鋭《するど》く、しばしばマオウをやり込《こ》める。

広小路《ひろこうじ》ツムギ

レンの幼《おさな》なじみで隣《となり》のクラス。ある「特技《とくぎ》」を生《い》かしてネット上《じょう》で人気《にんき》を集《あつ》める。学校《がっこう》の有名人《ゆうめいじん》。マオウのキャラがお気《き》に入り。

01
マオウ爆誕《ばくたん》!?

ぼくだって令和《れいわ》の小学生《しょうがくせい》だ。

「魔王《まおう》が現代《げんだい》の世界《せかい》に転生《てんせい》してきた」なんて聞《き》いても「ま～そんな設定《せってい》もあるよね～」くらいには受《う》け流《なが》せる。

ところが、だ。

ぼく――大崎《おおさき》レンの前《まえ》に現《あらわ》れた自称《じしょう》「魔王《まおう》」は、想像《そうぞう》の斜《なな》め上《うえ》だった。

土曜日《どようび》の午後《ごご》。将来《しょうらい》の夢《ゆめ》はプログラマーで、インターネットが大好《だいす》きなぼくは、部屋《へや》でスマホをいじってた。

そしたら、お母《かあ》さんが男《おとこ》の子《こ》を連《つ》れて現《あらわ》れ「いとこのマオウくんよ。おうちの都合《つごう》で、今日《きょう》からこの家《いえ》で一緒《いっしょ》に住《す》むの。レンと同《おな》じ学校《がっこう》にも通《かよ》うよ」と紹介《しょうかい》し始《はじ》めた。

見《み》た目《め》は、ぼくと同《おな》じ小《しょう》5くらい。

……いとこ？

ぽかんとするぼくに、お母《かあ》さんは「じゃあ仲良《なかよ》くね」と言《い》い置《お》くと、ぼくら2人《ふたり》を残《のこ》してリビングへ。やがてマオウが口《くち》を開《ひら》いた。

「ほう……その目《め》は、俺様《おれさま》が本物《ほんもの》の魔王《まおう》と気《き》づいている目《め》だな」

「……はい？」

「父上《ちちうえ》の――大魔王《だいまおう》の魔法《まほう》が効《き》かんとは、おもしろいやつだ」

何《なに》を勘違《かんちが》いしたのか、もうね、そこから勝手《かって》にしゃべるしゃべる。

魔界《まかい》を治《おさ》める大魔王《だいまおう》の息子《むすこ》であるマオウこと魔王《まおう》は、大魔王《だいまおう》の命令《めいれい》でこの世《せ》界《かい》に転生《てんせい》したらしい。で、すんなり溶《と》け込《こ》めるよう、大魔王《だいまおう》がこの世界《せかい》に魔《ま》法《ほう》をかけた。うちのお母《かあ》さんも魔法《まほう》にかかってるってわけだ。んで、大魔王《だいまおう》から魔王《まおう》は、この世界《せかい》で「最強《さいきょう》の武器《ぶき》」を学《まな》んでこいと言《い》われてるらしい。

そしてマオウはこう言《い》ったんだ。

「おい、俺様《おれさま》に最強《さいきょう》の武器《ぶき》を――最強《さいきょう》のインターネットを教《おし》えろ」

自分《じぶん》のことを俺様《おれさま》って言《い》うやつ、初《はじ》めて見《み》た。って、問題《もんだい》はそこじゃない。

インターネットに最強《さいきょう》とかある？

ツッコミどころが多《おお》すぎて戸惑《とまど》う。

するとマオウは「教《おし》えるなら、魔界《まかい》の3分《ぶん》の1をくれてやる」と告《つ》げた。

「……いらん」

魔界《まかい》なんか、そもそも行《い》く気《き》がない。

ぼくの答《こた》えに「な……ならば半分《はんぶん》でどうだ!?」と慌《あわ》てるマオウ。

「もっといらん。ていうかさ、魔界以外《まかいいがい》でくれるもの何《なん》かないわけ？　令和《れいわ》の小学生《しょうがくせい》なめてる？　ないわ～」

あきれるぼくに、魔王《まおう》は涙目《なみだめ》。

え!?　魔王《まおう》が泣《な》くの!?　もしかして、一人《ひとり》で転生《てんせい》して心細《こころぼそ》かったとか？

見《み》た目《め》もぼくと同《おな》じくらいだし、そう考《かん》えると悪《わる》いことをしたような……というか、泣《な》き声《ごえ》なんかあげられたら、お母《かあ》さんが飛《と》んでくる。

だって……こいつは、いちおうぼくの「いとこ」なんだ。

「な、泣《な》くなよ。ネットのことは、ぼくが教《おし》えるから、な？」

慌《あわ》ててその場《ば》をとりつくろうぼくに「……教《おし》えてくれるんだな？　絶対《ぜったい》だぞ」と真《ま》っ赤《か》な目《め》を腕《うで》でこすりながら、声《こえ》を震《ふる》わせるマオウ。

「……ああ、絶対《ぜったい》だ」

「ふはははははは!!　泣《な》き落《お》としに引《ひ》っかかったな、愚《おろ》か者《もの》め!!　魔王《まおう》との契約《けいやく》がここに成立《せいりつ》!!」

そう強《つよ》がるものの、マオウの声《こえ》にはまだ涙《なみだ》がしっかり残《のこ》っていた。

メンタル弱《よわ》いな……この魔王《まおう》。

こうして、ぼくとマオウのネットをめぐる物語《ものがたり》は幕《まく》を開《あ》けたんだけど……この先《さき》どうなるんだろう？

オマエに
魔《ま》界《かい》の
3分《ぶん》の1を
くれてやる
……
いらん

ことば

インターネット

インターネットとは、スマートフォンやパソコンなどをおたがいに結《むす》び、世界規模《せかいきぼ》でメールやデータベースなどのサービスを行《おこな》えるようにしたネットワークの集《あつ》まりです。物語《ものがたり》では「最強《さいきょう》の武器《ぶき》」＝「最強《さいきょう》のインターネット」とありますが、最強《さいきょう》かどうかはともかく、現在《げんざい》、日本《にっぽん》の86.2%の人《ひと》がインターネットを利用《りよう》していて（2023年《ねん》）、ネットは生活《せいかつ》に欠《か》かせない存在《そんざい》になっています。

02 マオウ勘違《かんちが》い!?

……やばい。

前回《ぜんかい》、涙目《なみだめ》のマオウに同情《どうじょう》して「ネットを教《おし》える」と約束《やくそく》した、ぼく。

あのときしれーっと、マオウが「魔王《まおう》との契約《けいやく》がここに成立《せいりつ》!!」とか言《い》ってたの覚《おぼ》えてる?

まさか、そこに落《お》とし穴《あな》があったなんて……。

「じゃあ、その契約《けいやく》を破《やぶ》ったらぼく、この世《よ》から存在《そんざい》が消《き》えるのか?」

「その通《とお》り。俺様《おれさま》——魔王《まおう》との契約《けいやく》とはそういうことだ。絶対《ぜったい》に破《やぶ》れん」

なんなら、マオウが魔王《まおう》であることを他《ほか》の人《ひと》に明《あ》かしてもダメらしい。

オレオレ詐欺《さぎ》ならぬ俺様詐欺《おれさまさぎ》。

ぐぬぬぬ……こいつ。

歯《は》ぎしりするぼくをよそに、魔王《まおう》は「契約《けいやく》といえば、おまえの母親《ははおや》にこれを契約《けいやく》してもらったぞ。ネットに必要《ひつよう》なんだろ？」とポケットからスマホ。

「このスマホとやらとネットに、どんな関係《かんけい》があるんだ？」

そんなもん他人《たにん》の親《おや》に契約《けいやく》させんな!! しかも最新機種《さいしんきしゅ》!!

あきれながらも、ぼくは仕方《しかた》なく「スマホはスマートフォンの略《りゃく》だ」と教《おし》える。

「スマートってのは賢《かしこ》いって意味《いみ》の英語《えいご》な。だからスマホは、いろんな機能《きのう》があるテレホン、つまり電話《でんわ》だ。あ……電話《でんわ》ってのは分《わ》かるか？」

「くっ、魔王《まおう》をバカにする気《き》か!! 遠《とお》く離《はな》れた人間同士《にんげんどうし》の会話《かいわ》を可能《かのう》にする機械《きかい》だろうが!! 転生前《てんせいまえ》に、この世界《せかい》のことはたいてい学《まな》んだわ!!」

なら、ネットのこともちゃんと学《まな》んでこい……と突《つ》っ込《こ》みたいぼくに「それで、これがどうネットに関係《かんけい》するんだ？」と先《さき》を急《いそ》がせるマオウ。

「ま〜これから触《さわ》ってけば分《わ》かるけど、要《よう》はスマホはネットの入《い》り口《ぐち》だ。これを使《つか》えばネットのさまざまなサービスを利用《りよう》できるんだ」

例《たと》えば……と言《い》いかけて、ぼくは考《かんが》える。

逆《ぎゃく》にできないことがないくらい、ネットは世《よ》の中《なか》にあふれている。

検索《けんさく》も音楽《おんがく》も……と、ちらとマオウを見《み》れば、インナーのタンクトップをうっとうしげに引《ひ》っ張《ぱ》っていた。

「……そうだな、おまえが今着《いまき》てる服《ふく》。それもネットで買《か》えるぞ」

「ふ……服《ふく》だと!?」

急《きゅう》にマオウが険《けわ》しい表情《ひょうじょう》を見《み》せる。

え？　なんか地雷《じらい》踏《ふ》んだ？

びっくりするぼくに、マオウが続《つづ》ける。

「いいか！　本来《ほんらい》魔族《まぞく》は裸《はだか》なのだ!!　なのにおまえら人間《にんげん》に合《あ》わせて恥《はじ》を忍《しの》び、服《ふく》を着《き》ているのだ!!」

……魔界《まかい》の風習《ふうしゅう》なんか知《し》らん。

が、この先全裸《さきぜんら》で過《す》ごされると困《こま》るから、今《いま》は黙《だま》っておく。ぼくは「あ～それで裸足《はだし》か」と話《はなし》を合《あ》わせた。

「靴下《くつした》は必《かなら》ずしも必要《ひつよう》でないと学《まな》んだからな。断《だん》じてはかんぞ!!」

……ご自由《じゆう》にどうぞ。

あきれるぼくをよそに、マオウは「このいまいましい服《ふく》が買《か》えてしまうとは……ネットとは恐《おそ》ろしいものよ。スマホの扱《あつか》いには気《き》をつけねば」とスマホをにらんでいる。

……なんだろう、入《い》り口《ぐち》は大《おお》きく間違《まちが》ってるけど、結論《けつろん》は正《ただ》しい。

ネットやスマホの扱《あつか》いは、便利《べんり》な分《ぶん》、落《お》とし穴《あな》もあるからね。

結果《けっか》よければ全《すべ》てよし。

いろいろ面倒《めんどう》になったぼくは「ま～そんな感《かん》じ」と、なま温《あたた》かい笑顔《えがお》でマオウの言葉《ことば》をスルーした。

服《ふく》まで買《か》えてしまうとは
ネットとは恐《おそ》ろしいものよ…

ことば

スマートフォン

スマートフォン（スマホ）とは音声通話《おんせいつうわ》のほかに、ネット接続《せつぞく》や静止画《せいしが》・動画《どうが》の撮影《さつえい》、ゲームや読書《どくしょ》などができる高機能《こうきのう》な携帯電話《けいたいでんわ》のことです。現在《げんざい》、スマホは日本《にっぽん》の家庭《かてい》の90.6%が持《も》っています。またスマホでネットを利用《りよう》する人《ひと》の割合《わりあい》は72.9%とパソコン（47.4%）などより高《たか》くなっています（ともに2023年《ねん》）。物語《ものがたり》にあるように、今《いま》やスマホはネットの入《い》り口《ぐち》と言《い》えるようです。

03
マオウ調子《ちょうし》づく!?

ぼくは学校《がっこう》が嫌《きら》いだ。

正確《せいかく》に言《い》うと、勉強《べんきょう》は好《す》きだし得意《とくい》だけど、学校《がっこう》の空気《くうき》が嫌《いや》。だって、運動《うんどう》の得意《とくい》な子《こ》&おもしろい子《こ》ばっか、ちやほやされんだもん。

で、マオウの登校初日《とうこうしょにち》、ぼくはもっと学校《がっこう》が嫌《きら》いになった。

朝《あさ》、ぼくのいとこ「大崎《おおさき》マオウ」として紹介《しょうかい》されたマオウは、教室《きょうしつ》のすみっこのぼくを差《さ》し置《お》いて、昼休《ひるやす》みにはクラスのど真《ま》ん中《なか》にいた。

体育《たいいく》の短距離走《たんきょりそう》では「魔界《まかい》の狩《か》りを思《おも》い出《だ》すぜ!」と堂々《どうどう》の新記録《しんきろく》。で、「俺様《おれさま》」で上《うえ》から目線《めせん》なのも「キャラ」としておもしろがられてる。

父《ちち》の大魔王《だいまおう》がかけた魔法《まほう》のおかげなのか何《なん》なのか、とにかく大人気《だいにんき》だ。

「おまえら、俺様《おれさま》をもっと敬《うやま》え!!」

マオウのドヤ顔《がお》が、なんか腹立《はらた》つ。

そこへ、隣《となり》のクラスの広小路《ひろこうじ》ツムギが「うわさの転校生《てんこうせい》って?」と現《あらわ》れたもんだから、ぼくの気分《きぶん》は複雑《ふくざつ》。

話《はなし》の輪《わ》に入《はい》ろうとするツムギと、ちらと目《め》が合《あ》う。こっちに明《あか》るく手《て》を振《ふ》るツムギに対《たい》し、ぼくはぎこちない笑《え》みを返《かえ》すので精《せい》いっぱい。

ツムギとぼくは幼《おさな》なじみだ。昔《むかし》はよく遊《あそ》んだけど、今《いま》はなんとなく距離《きょり》。

だってツムギはぼくと違《ちが》って……。

「おい、レン。インフルエンサーとは何《なん》だ?」

みんなの輪《わ》を抜《ぬ》けてきたマオウが、急《きゅう》に話《はな》しかけてくる。

誰《だれ》かが「ツムギちゃんは、インフルエンサーだよ」と紹介《しょうかい》したのだろう。ぼくは「ネット上《じょう》で影響力《えいきょうりょく》のある人《ひと》」と、ぶっきらぼうに答《こた》える。

ツムギは小《しょう》3から「歌《うた》ってみた」系《けい》の投稿《とうこう》を始《はじ》め、今《いま》やネットの有名人《ゆうめいじん》で、校内一《こうないいち》の人気者《にんきもの》。ぼくとは大違《おおちが》いだ。

「ツムギが投稿《とうこう》を始《はじ》めるとき、ネットのことを教《おし》えたのぼくなんだ……」

ふと独《ひと》り言《ごと》が漏《も》れる。

が、マオウはお構《かま》いなしに、再《ふたた》び輪《わ》の中《なか》へ。そしてツムギの手《て》を握《にぎ》るや「女《おんな》、俺様《おれさま》と付《つ》き合《あ》え」と真顔《まがお》で宣言《せんげん》。

はあああああ!?

突然《とつぜん》の「付《つ》き合《あ》え」にクラスは大騒《おおさわ》ぎ。ツムギとぼくもびっくりで、数年《すうねん》ぶりに、まじまじと顔《かお》を見合《みあ》わせる。

「レン、こいつを味方《みかた》にするぞ!!　ネットの影響力《えいきょうりょく》とやらは見逃《みのが》せん!!」

そこでやっと、マオウの意図《いと》を理解《りかい》したぼくは「まぎらわしいわ!!」とマオウのパーカーのフードをつかみ、頭《あたま》にすっぽりかぶせてやる。

「ふ……服《ふく》!?　俺様《おれさま》の視界《しかい》を奪《うば》うとは、やはりいまいましい存在《そんざい》よ!!」

「いちいち上《うえ》から目線《めせん》だから勘違《かんちが》いされるんだ!!　何《なに》が『付《つ》き合《あ》え』だ!!

『仲良《なかよ》くしよう』でいいだろ⁉」

「だ、誰《だれ》か服《ふく》を……‼」と慌《あわ》てるマオウの間抜《まぬ》けな姿《すがた》に「なんだ冗談《じょうだん》か」とクラスは落《お》ち着《つ》きを取《と》り戻《もど》す。

……よかった。

そしてよかったといえば、当《とう》のツムギは「ていうかレンのいとこなんでしょ？ レンとは前《まえ》から仲良《なかよ》しだし、そんな仲良《なかよ》くしようなんて言《い》わなくてもいいのに、ね？」と、ぼくに笑《え》み。

「前《まえ》から仲良《なかよ》し」という言葉《ことば》に、胸《むね》が少《すこ》し軽《かる》くなる。

今《いま》まで感《かん》じてた距離《きょり》って、もしかしたら勝手《かって》な思《おも》い込《こ》みだったのかも……。

それこそ思《おも》い込《こ》みかもだけど。

フードと格闘《かくとう》するマオウをよそに、ぼくは少《すこ》しだけ学校《がっこう》が好《す》きになった。

レン!
こいつを味方《みかた》にするぞ!!
はぁ?

ことば

インフルエンサー

「影響《えいきょう》」という意味《いみ》の英語《えいご》「influence（インフルエンス）」に、人《ひと》を表《あらわ》す「er」がついたものが「influencer（インフルエンサー）」で、世間《せけん》に大《おお》きな影響《えいきょう》を与《あた》える人《ひと》という意味《いみ》です。特《とく》に近年《きんねん》は、ネットの世界《せかい》でSNS（ネット交流《こうりゅう》サービス）などを通《つう》じ、他《ほか》の利用者《りようしゃ》の行動《こうどう》や買《か》いたいという気持《きも》ちなどに大《おお》きく訴《うった》えかける人《ひと》を指《さ》すようになりました。

04 マオウごねる!?

「とにかく、俺様《おれさま》はバズるとやらを知《し》りたいのだ!!」

マオウはぼくのスマホを指《ゆび》さし「いいから早《はや》く、そのバズったというツムギの動《どう》画《が》を見《み》せろ!!」と詰《つ》め寄《よ》る。

……事《こと》の発端《ほったん》はこうだ。

前回《ぜんかい》、ぼくの幼《おさな》なじみのツムギがインフルエンサーと知《し》り、マオウが勝手《かって》に味《み》方《かた》にしたのは覚《おぼ》えてる?

あの続《つづ》きでね、学校《がっこう》の帰《かえ》り道《みち》、ツムギの「影響力《えいきょうりょく》」について、マオウがうるさく聞《き》いてくるんで「最初《さいしょ》の動画《どうが》が超《ちょう》バズって……」と、ぼくが口《くち》を滑《すべ》らせたら、こうなった。

「『バズる』ってのは、要《よう》はわーっとネット上《じょう》で広《ひろ》まること」

そう説明《せつめい》したところで後《あと》の祭《まつ》り。「ものがあるなら、この目《め》で見《み》るのが当然《とうぜん》だ!!」と言《い》い出《だ》して聞《き》かない。

いや、見《み》せんのはいいけど……。

ツムギは、いわゆる「歌《うた》ってみた」で注目《ちゅうもく》された。

けど、ただの「歌《うた》ってみた」でバズるほど今《いま》の時代《じだい》は甘《あま》くない。

バズるにはバズるだけの理由《りゆう》があり……って、マオウに何《なに》を言《い》っても始《はじ》まらない。

「……見《み》たいって言《い》ったの、おまえだからな」

家《いえ》に着《つ》くと、ぼくは部屋《へや》でスマホをタップ。動画共有《どうがきょうゆう》サービス「PicPoc《ピックポック》」を立《た》ち上《あ》げる。

ごくりと固唾《かたず》をのむマオウを横《よこ》に、動画《どうが》をスタート。

〈WOOOO!!　♪俺《おれ》の兄《にい》ちゃん　誰《だれ》も倒《たお》せん　天下無双《てんかむそう》の一騎当千《いっきとうせん》　今日《きょう》も傷《きず》だらけで凱旋《がいせん》♪　YOO!!〉

「これは……ドラゴンのいびき!?」

マオウが頭《あたま》を抱《かか》える。

ほがらかな見《み》た目《め》のツムギが、独特《どくとく》の重低音《じゅうていおん》でハードなラップを刻《きざ》む姿《すがた》は、アンバランスというか何《なん》というか、とにかくいつ見《み》ても脳《のう》が震《ふる》える。

もともと歌《うた》が好《す》きだったツムギが、「これって魂《たましい》の叫《さけ》びだよね!?」とラップに目覚《めざ》めたのは小《しょう》3の春《はる》。しかも「♪悪《わる》い奴《やつ》ら　それは俺《おれ》ら♪」みたいなハード系《けい》のラップ。

というわけで周囲《しゅうい》に仲間《なかま》が見《み》つからず「あ、ネットで探《さが》せばいいんだ！」と始《はじ》めたのが「歌《うた》ってみた」の投稿《とうこう》だったんだ。

ぼく前回《ぜんかい》、動画《どうが》の投稿《とうこう》を最初《さいしょ》に手伝《てつだ》ったって言《い》ったよね？

実《じつ》はそのとき「やめた方《ほう》がいいよ」って言《い》ったんだ。クセが強《つよ》い分《ぶん》だけ好《す》き嫌《きら》いが分《わ》かれて、たたく人《ひと》がいるかもだしね。ツムギの親《おや》も「やめといたら？」と、それとなくなだめてた。

でもツムギの意志《いし》は変《か》わらず……結果《けっか》はこれ。

「気合《きあい》やべー」という励《はげ》ましや「歌《うた》を流《なが》したら畑《はたけ》からイノシシが去《さ》った」「防犯《ぼうはん》ブザーの代《か》わりに使《つか》える」なんて感謝《かんしゃ》（？）に包《つつ》まれ、大《おお》いにバズった。再生《さいせい》回数《かいすう》は100万回超《まんかいちょう》。以来《いらい》、コアなファンに支《ささ》えられ、今《いま》やインフルエンサーというわけだ。

「なんと罪深《つみぶか》い歌声《うたごえ》‼　消《け》せ‼」

魔王《まおう》に「罪深《つみぶか》い」認定《にんてい》されるなんて……ある意味本物《いみほんもの》かもね。

動画《どうが》が止《と》まるなり「これがバズった……のか？　人間《にんげん》め、侮《あなど》れん」と身震《みぶる》いするマオウ。

う～ん、ツムギの動画《どうが》はレアケースだけど、人間《にんげん》の――ネットの多様性《たようせい》という点《てん》で、マオウの認識《にんしき》はおおよそ間違《まちが》ってはいない。

やれやれ……と、ぼくがスマホをポケットに戻《もど》そうとした、そのとき……⁉

YO!
YO!
YO!
YO!

ことば

バズる

主《おも》にSNS（ネット交流《こうりゅう》サービス）を通《つう》じ、ネット上《じょう》で話題《わだい》が広《ひろ》がり注目《ちゅうもく》が集《あつ》まることを「バズる」といいます。ハチなどの羽音《はおと》やざわめきなどを意味《いみ》する英語《えいご》「buzz」が語源《ごげん》といわれます。個人《こじん》が社会《しゃかい》に対《たい》して簡単《かんたん》に発信《はっしん》できる、ネットの世界《せかい》ならではの現象《げんしょう》とも言《い》えます。ただし、必《かなら》ずしもよい形《かたち》でだけバズるとは限《かぎ》りません。ネット上《じょう》での発《はっ》信《しん》には注意《ちゅうい》が必要《ひつよう》です。

05
マオウ発信《はっしん》する!?

ブルッ……と震《ふる》えたスマホの画面《がめん》に「新着《しんちゃく》」の文字《もじ》。

見《み》ると「PINE《パイン》」というSNSにツムギからのメッセージ。

ちょうどツムギのヤバい歌《うた》を聞《き》いた後《あと》だけに〈新《あたら》しい動画《どうが》見《み》る～？〉とか、そのへんかと思《おも》って身構《みがま》えてたら……事態《じたい》はもっと深刻《しんこく》だった。

〈今日《きょう》はレンと久《ひさ》しぶりに話《はな》せてよかった。でね、私《わたし》たち3人《にん》のPINE《パイン》のグループ作《つく》ろうよ〉

もうこの日《ひ》が来《き》たか……。

「どうしたレン？　浮《う》かぬ顔《かお》だな」

……おまえのせいだ。

不思議《ふしぎ》そうなマオウに、ぼくは「SNSとは何《なに》か、おまえに教《おし》える日《ひ》が来《き》たってことだ」と告《つ》げる。

「ある意味《いみ》……滅《ほろ》びの呪文《じゅもん》だ」

「な……」と絶句《ぜっく》するマオウ。

ネットを教《おし》える以上《いじょう》、SNSを避《さ》けては通《とお》れない。

クラスの人気者《にんきもの》のマオウだ。ツムギのメッセージ以前《いぜん》に、すでにクラスで「PINE《パイン》交換《こうかん》」の誘《さそ》いをかなり受《う》けていた。PINE《パイン》がネット関係《かんけい》と知《し》らないマオウは、スルーしてたけど。

とはいえ、スルーにも限界《げんかい》がある。

何《なに》よりツムギの誘《さそ》いを断《ことわ》るのは……ね？

教《おし》えるしかない……俺様《おれさま》なマオウにSNSとか、悪《わる》い予感《よかん》しかないけど。

「いろいろ後《あと》で教《おし》えてやるから、まずはおまえのスマホを出《だ》せ」

ぼくに言《い》われ、恐《おそ》る恐《おそ》るポケットからスマホを出《だ》すマオウ。そこからはぼくが指示《しじ》しながら、マオウは人《ひと》さし指《ゆび》で慎重《しんちょう》に一《ひと》つずつタップ。

PINE《パイン》をスマホに入《い》れ、ユーザー名《めい》は「JISYOUMAOU（自称魔王《じしょうまおう》）」、パスワードは「HENNAYA2（変《へん》なやつ）」と、そっと嫌《いや》みを込《こ》めるぼく。これで設定完了《せっていかんりょう》。

で、今度《こんど》はぼくのPINE《パイン》で、ぼくら3人《にん》のグループを作《つく》る。

「SNSってのは利用者《りようしゃ》が情報《じょうほう》を発信《はっしん》し合《あ》い、利用者《りようしゃ》みんなで共有《きょうゆう》して楽《たの》しむものだ。さっき動画《どうが》を見《み》た『PicPoc《ピックポック》』なら動画《どうが》って情報《じょうほう》をツムギという利用者《りようしゃ》が発信《はっしん》し、他《ほか》の利用者《りようしゃ》が共有《きょうゆう》して楽《たの》しんでるってことだ」

「……そして滅《ほろ》ぶのだな？」

「問題《もんだい》はそこだ。使《つか》い方《かた》を誤《あやま》ると、ある意味《いみ》そうなる。ただ、今設定《いませってい》したPINE《パイン》のグループはぼくら3人《にん》だから、とりあえずその可能性《かのうせい》は低《ひく》い」

これが「PicPoc《ピックポック》」や同《おな》じく動画共有《どうがきょうゆう》サービスの「YourTable《ユアーテーブル》」、短文《たんぶん》投稿《とうこう》サービスの「Buzztter《バズッター》」、写真投稿《しゃしんとうこう》サービスの「Instapound《インスタポンド》」とかの、しかも公開制限《こうかいせいげん》なしだったら、たぶん始《はじ》めたとたん世間様《せけんさま》から秒《びょう》でフルボッコだ。

……だって魔王《まおう》だもん。

「で、俺様《おれさま》はここに呪《のろ》いの詠唱《えいしょう》を発信《はっしん》すればいいのか？」

「……ぼくとツムギを呪《のろ》ってどうする？　この物語《ものがたり》を終《お》わらせる気《き》か？」

とはいえ、だ。

第一声《だいいっせい》を何《なに》にすればいいか、ぼくも迷《まよ》う。

ツムギとやりとりするのは久《ひさ》しぶりで、改《あらた》まるのも変《へん》だし砕《くだ》けるのも……と腕組《うでぐ》みしたそのときだ。

「お～ならば、これでいこう」

マオウがスマホをタップする。

「ちょ……おま⁉　はあああ⁉」

止《と》める間《ま》もなく、マオウが勝手《かって》に送《おく》った第一声《だいいっせい》はというと……⁉

SNSをおまえに教《おし》える
日《ひ》が来《き》たか
ある意味《いみ》滅《ほろ》びの呪文《じゅもん》だ
なっなんだと!?

こ と ば

SNS（ネット交流《こうりゅう》サービス）

人《ひと》と人《ひと》とのコミュニケーションを促《うなが》すネット上《じょう》の会員《かいいん》サービスのことで、英語《えいご》の「Social Networking Service」の略《りゃく》です。利用者《りようしゃ》は文章《ぶんしょう》や写真《しゃしん》、動画《どうが》など、さまざまな情報《じょうほう》を他《ほか》のユーザーに発信《はっしん》したり、共有《きょうゆう》したりできます。直接《ちょくせつ》べつのユーザーと連絡《れんらく》をとることも可能《かのう》です。物語《ものがたり》でレンは「滅《ほろ》びの呪文《じゅもん》」と表現《ひょうげん》していますが、その意味《いみ》は物語《ものがたり》を通《とお》して今後説明《こんごせつめい》していきます。

06
マオウ衝撃《しょうげき》!?

「レンは仲間《なかま》を信《しん》じないのか!?」

「いや、そうじゃなくて……」

「パスワードとは、ある意味《いみ》カギのようなものだろ？　そのくらいは魔界《まかい》で学《まな》んできたぞ？　なら俺様《おれさま》のパスワードをツムギに教《おし》えて何《なに》が悪《わる》い？」

さすがマオウ。

言《い》ってることが、まともなようで全然《ぜんぜん》まともじゃない。

前回《ぜんかい》、ツムギからSNS「PINE《パイン》」のグループを3人《にん》で作《つく》ろうって誘《さそ》われ、マオウのスマホにPINE《パイン》を入《い》れてパスワードとか設定《せってい》した後《あと》、グループを作《つく》ったよね？

これで3人《にん》でメッセージできるようになったわけだけど……。

問題《もんだい》はその第一声《だいいっせい》だ。

マオウが送《おく》ったのは、こんな文章《ぶんしょう》。

〈俺様《おれさま》のパスワードはHENNAYA2だ。よろしくな〉

マオウの言《い》い分《ぶん》から考《かんが》えるに、信頼《しんらい》の証《あか》しのつもりだろう。

が、いきなり自分《じぶん》のパスワードを送《おく》るとか「?」。送《おく》られた側《がわ》も「?」。

ぼくは〈とにかくよろしく!〉と光《ひかり》の速《はや》さでタップ。ツムギからは〈マオウくん斬新《ざんしん》!〉とメッセージ。

どうやら「キャラ」として受《う》け入《い》れてくれたらしい。

……よかった。

ぼくはマオウのスマホを素早《すばや》く取《と》り上《あ》げ、「ちょっと座《すわ》れ」と指示《しじ》する。

たちまちマオウの顔《かお》に不満《ふまん》の色《いろ》が浮《う》かぶ。

「おいレン、おまえ偉《えら》そうだぞ?　人間《にんげん》の子《こ》どものくせに。何様《なにさま》のつもりだ?

俺様《おれさま》は魔王《まおう》だぞ？　1万年以上生《まんねんいじょうい》きてきて……」

1万年以上生《まんねんいじょうい》きて、この仕上《しあ》がり？

いろいろ突《つ》っ込《こ》みたいが今《いま》は我慢《がまん》。

ぼくは一《ひと》つ一《ひと》つ説明《せつめい》していく。

「いいか？　まず、おまえが送《おく》ったパスワードはＰＩＮＥ《パイン》のおまえのアカウントのものだ。アカウントってのはＰＩＮＥ《パイン》なり何《なん》なり、そのサービスを使《つか》う権利《けんり》のこと。で、さっきユーザー名《めい》ってのをＪＩＳＹＯＵＭＡＯＵってしたけど、あれはＩＤって呼《よ》ぶこともあって、要《よう》はサービス上《じょう》でのおまえ固有《こゆう》の名前《なまえ》だ。だから、そのパスワードをツムギに送《おく》っても何《なん》の意味《いみ》もない。むしろリスクしかない」

「リスク？　笑《わら》わせるな。俺様《おれさま》は魔王《まおう》だぞ？　そのくらい……」

「……で？　おまえ、この世界《せかい》では、ぼくと同《おな》じただの小《しょう》5だろ？」

「なっ!?」と衝撃《しょうげき》を受《う》けるマオウ。

今《いま》さらか？　ぼくは続《つづ》ける。

「とにかく黙《だま》って聞《き》け。ツムギはおまえのパスワードを悪用《あくよう》なんかしない。でも例《たと》えば、ツムギがスマホを落《お》としたら？　拾《ひろ》った人《ひと》が悪《わる》い人《ひと》で、おまえのパスワードを見《み》つけたら？　おまえのアカウント乗《の》っ取《と》られるぞ？」

「お……俺様《おれさま》のものを乗《の》っ取《と》るだと⁉　そんな悪《わる》いやつがいるのか⁉」

……魔王《まおう》のくせに何言《なにい》ってんだ？

うろたえるマオウは、なおも「だがスマホを落《お》とさなければ、アカウントはが、ぼくは「インターネットってのは、誰《だれ》でもいつでもどこからでもアクセスできる情報《じょうほう》のネットワークだ。スマホを落《お》とそうが落《お》とすまいが、パスワードを

……」と反論《はんろん》しかける。

——情報《じょうほう》を知《し》られたら基本《きほん》アウトだ」と首《くび》を横《よこ》に振《ふ》る。

「くっ……俺様《おれさま》にこんな屈辱《くつじょく》を味《あじ》わわせるとは……ネットめ‼」

怒《いか》りの矛先《ほこさき》はともかくとして、転生《てんせい》って、いろいろたいへんだな……。

悔《くや》し涙《なみだ》にぬれるマオウの肩《かた》に、ぼくはそっと手《て》を置《お》いた。

おい　おまえ　偉《えら》そうだぞ
人間《にんげん》の子《こ》どものくせに…
それがどうした？

こ と ば

パスワード

ネット上《じょう》のサービスを受《う》ける権利《けんり》をアカウントといいます。作《つく》る際《さい》には一般的《いっぱんてき》に、ID（ユーザーID、またはユーザー名《めい》）とパスワードが必要《ひつよう》です。IDは一人一人《ひとりひとり》に割《わ》り振《ふ》られ、他《ほか》に使《つか》っている人《ひと》がいなければ、アルファベットや数字《すうじ》などで好《す》きな文字列《もじれつ》を作《つく》れます。パスワードは正《ただ》しい利用者《りようしゃ》であることを確認《かくにん》するための一種《いっしゅ》の暗証番号《あんしょうばんごう》です。取《と》り扱《あつか》いには注意《ちゅうい》が必要《ひつよう》です。

07

マオウ逃《に》げる!?

……朝《あさ》から疲《つか》れる一日《いちにち》だ。

うちはお母《かあ》さん一人《ひとり》で、お父《とう》さんがいない。

ま、どの家《いえ》にもいろいろあるよね?

で、お母《かあ》さんは朝早《あさはや》くから夜遅《よるおそ》くまで働《はたら》いてる。

だから、忙《いそが》しいときはぼくも作《つく》るけど、基本《きほん》は朝《あさ》・夕《ゆう》ともご飯《はん》はお母《かあ》さんが出社前《しゅっしゃまえ》に用意《ようい》してくれたものを食《た》べて……。

「あ〜食《く》った気《き》がせん!!」

用意《ようい》された分《ぶん》では足《た》りず、マオウはいつも冷凍《れいとう》してあるご飯《はん》をレンジでチン。

ふりかけで2杯《はい》は食《た》べる。

で、今朝《けさ》は好物《こうぶつ》のノリとタマゴのふりかけが切《き》れてて、やけ気味《ぎみ》に3杯《ばい》。

「勝手《かって》に他人《たにん》の家《いえ》に転生《てんせい》しといて、遠慮《えんりょ》とかないのか？」

……と、あきれてたら家《いえ》を出《で》るのが遅《おく》れた。

すると今度《こんど》は、通学路《つうがくろ》でツムギとばったり。

〈YO!!　♪空《そら》に稲妻《いなずま》　クラスに悪魔《あくま》　授業《じゅぎょう》の合間《あいま》　まるでシネマ♪〉

マオウに刺激《しげき》を受《う》け、自作《じさく》のラップを昨夜《さくや》作《つく》ったからと、スマホでいきなり動画《どうが》を見《み》せられるという試練《しれん》。

「ヤバくない？　魂震《たましいふる》えるよね？」

「確《たし》かに震《ふる》えるね」

……魂《たましい》の前《まえ》に脳《のう》が、な。

ぼくは笑顔《えがお》を作《つく》るので精《せい》いっぱい。

……なのに、だ。

ラップの原因《げんいん》になったマオウときたら、曲《きょく》の途中《とちゅう》で「お？　あれは同《おな》じクラスのやつだ」と猛《もう》ダッシュ。

……絶対《ぜったい》、逃《に》げた。

こっちは「スマホに新《あたら》しいアプリ入《い》れたから、映像《えいぞう》も今回《こんかい》はキレキレだよ」とか何《なん》とかいうツムギの話《はなし》に「そうなんだ～」って一生懸命《いっしょうけんめい》、こわ張《ば》った笑顔《えがお》を作《つく》り続《つづ》けてるってのに。


そのとき。

ふとツムギが「レン変《か》わった？」と言《い》い出《だ》した。

「……へ？」

「マオウくん来《き》て、なんか変《か》わったよね。いいことあった？」

はああああ!?　あんな俺様《おれさま》に振《ふ》り回《まわ》されて、絶対《ぜったい》いいことなんかない!!

ツムギと教室《きょうしつ》の前《まえ》で別《わか》れた途端《とたん》「災難《さいなん》だったな」と近《ちか》づいてくるマオウのにやけた顔《かお》に、つくづくそう思《おも》う。

「ところでさっき、アプリとか言《い》ってたな？　アプリとは何《なん》だ？」

地獄耳《じごくみみ》ならぬ魔界耳《まかいみみ》？

こっちの会話《かいわ》を聞《き》いてたらしい。

「スマホってのはOSっていう基本《きほん》ソフトで動《うご》いてる。で、そこに音楽《おんがく》とか地図《ちず》とか自分《じぶん》の好《す》きなソフトを載《の》っけるんだ。この前入《まえい》れたSNSのPINE《パイン》もそう。で、それがアプリ。分《わ》かりやすく言《い》えば、OSっていう白《しろ》いご飯《はん》の上《うえ》に、アプリという好《す》きなふりかけをかけるようなもんだ。あ、帰《かえ》ったらふりかけ買《か》わなきゃ……」

……じゃないと、またマオウが騒《さわ》ぎだす。ため息《いき》まじりのぼく。

そこへマオウが得意《とくい》げに「今《いま》のはこうも表現《ひょうげん》できるぞ」と挟《はさ》んでくる。

「俺様《おれさま》の人生《じんせい》に、レンという新《あたら》しい存在《そんざい》が乗《の》っかったようなもの。あるいはレンの人生《じんせい》に、俺様《おれさま》という新《あたら》しい存在《そんざい》が乗《の》っかったようなもの……な？」

「おまえの人生《じんせい》は知《し》らんが、とりあえず、ぼくの人生《じんせい》からは即削除《そくさくじょ》だ」

始業《しぎょう》のチャイムに促《うなが》され、ぼくは疲《つか》れた体《からだ》を椅子《いす》に下《お》ろした。

おい、食《く》い足《た》りんぞ
少《すこ》しは遠慮《えんりょ》しろ

ことば

アプリ

「application software」の略《りゃく》で、SNS（ネット交流《こうりゅう》サービス）やゲームなどある目的《もくてき》をもって作《つく》られた専用《せんよう》のソフトウエアのことです。パソコンでは「ソフト」と呼《よ》ぶこともあります。アプリはOS（「operating system」の略《りゃく》）という基本《きほん》ソフト上《じょう》で動《うご》きます。OSはスマートフォンやパソコンの本体《ほんたい》を動《うご》かし、スマホであれば「Android」「iOS」、パソコンであれば「Windows」が有名《ゆうめい》です。

08

マオウ宣言《せんげん》!?

「大人《おとな》ってだけで偉《えら》いのか!?」

……いきなり反抗期《はんこうき》か?

いらだつマオウに、ぼくは伝《つた》える。

「魔界《まかい》での年齢《ねんれい》はともかく、この世界《せかい》で、おまえは小《しょう》5だ。好《す》き勝手《かって》には使《つか》えないインターネットのサービスがある」

前回《ぜんかい》の続《つづ》きらしく、朝起《あさお》きたら急《きゅう》に「アプリは何《なん》でも入《い》れられるのか?」と聞《き》かれたから、ぼくは答《こた》えたんだ。

年齢制限《ねんれいせいげん》のことを。

アプリとかネットのサービスには、たいてい年齢制限《ねんれいせいげん》がある(例《たと》えば、ぼくらが使《つか》ってるSNS「PINE《パイン》」は9歳以上《さいいじょう》ね）。特《とく》にお金《かね》が絡《から》むと、18歳以上《さいいじょう》——大人《おとな》じゃなきゃ基本《きほん》ダメ。

で、年齢《ねんれい》が制限《せいげん》に満《み》たない場合《ばあい》、保護者《ほごしゃ》の管理《かんり》とかが必要《ひつよう》だ。ツムギの動画《どうが》も親《おや》のOKをもらってやってる。

「ま〜おまえがいろいろできるよう、今度《こんど》お母《かあ》さんに相談《そうだん》してみるよ」

「大人《おとな》に言《い》われるがままで、レンはいいのか⁉　大人《おとな》が全《すべ》てか⁉」

……なんだろう？

話《はなし》の流《なが》れはべつにして「大人《おとな》が全《すべ》てか⁉」と問《と》われれば、答《こた》えに困《こま》る。

だって、ぼくは今《いま》、大人《おとな》を前《まえ》にうんざりしてるから。

今朝《けさ》登校《とうこう》したら、いきなり来週《らいしゅう》の校外学習《こうがいがくしゅう》の班決《はんぎ》めになって、35人《にん》のクラスで4人《にん》1班《ぱん》を「仲良《なかよ》し同士《どうし》」で作《つく》るようにって先生《せんせい》が言《い》ったんだ。

……割《わ》り切《き》れない。で、余《あま》るのはいつも、ぼくを含《ふく》め決《き》まったメンバー。

グループ分《わ》けとか2人《ふたり》1組《くみ》とか、本当《ほんとう》に嫌《いや》。

たぶん先生《せんせい》に悪気《わるぎ》はない。ただ先生《せんせい》になるくらいだから、きっと子《こ》どもの頃《ころ》、学校《がっこう》が好《す》きだったんだろう。だから大人《おとな》になっても――先生《せんせい》になっても、余《あま》る子《こ》の気持《きも》ちが分《わ》からない。

「もう班《はん》はできたかな～？」

先生《せんせい》の声《こえ》がクラスに響《ひび》く。

案《あん》の定《じょう》、残《のこ》っているのは、ぼくらおなじみの面々《めんめん》だ。

寄《よ》せ集《あつ》めて班《はん》にするのか、どこかの班《はん》に振《ふ》り分《わ》けられるのか……。

いつもながら、心《こころ》がすり減《へ》る。

そのときだ。

「おまえら、俺様《おれさま》の下《もと》に集《つど》え‼」

ぽんとクラスの中心《ちゅうしん》グループからマオウが抜《ぬ》け出《だ》し、ぼくら残《のこ》ってる子《こ》たちの真《ま》ん中《なか》に立《た》った。そして「あっぱれ‼　群《む》れぬとは見上《みあ》げたもの‼　俺様《おれさま》の力《ちから》になれ‼」と宣言《せんげん》。

「は？」と驚《おどろ》くぼくに、マオウは「大人《おとな》を見直《みなお》したぞ」と、ささやく。

「さすがは大人《おとな》――先生《せんせい》だ。このクラスは35人《にん》だ。なのに今回《こんかい》4人《にん》1班《ぱん》という指示《しじ》だった。群《む》れに交《ま》じらぬ優《すぐ》れた者《もの》を見《み》つけ出《だ》すため、あえて割《わ》り切《き》れぬ形《かたち》を――策略《さくりゃく》をとったのだな。1万年以上《まんねんいじょう》生《い》きている魔王《まおう》の俺様《おれさま》でさえ、最《さい》初《しょ》は見抜《みぬ》けなかったわ!!」

1万年以上《まんねんいじょう》生《い》きて、この誤解《ごかい》。どんだけムダな1万年《まんねん》を過《す》ごしたんだ？

けど……ほっとしたのも事実《じじつ》。

先生《せんせい》はのんびりと「じゃあ、マオウくんが抜《ぬ》けた班《はん》は3人班《にんはん》ね」と告《つ》げ、班《はん》決《ぎ》めは終了《しゅうりょう》。「それで校外学習《こうがいがくしゅう》は……」と黒板《こくばん》に向《む》かう先生《せんせい》の背中《せなか》より、

「大人《おとな》は侮《あなど》れん」と勘違《かんちが》い中《ちゅう》のマオウの横顔《よこがお》の方《ほう》が、なんだか頼《たの》もしい。

大人《おとな》って……何《なん》なんだろうね？

「どうしたレン？　俺様《おれさま》に見《み》ほれてるのか？　気持《きも》ちは分《わ》かるぞ」

問《と》われて、ぼくは急《きゅう》に恥《は》ずかしくなり「うるさい！」とそっぽを向《む》いた。

群《む》れぬ者《もの》ども
俺様《おれさま》の力《ちから》
になれ!

こ　と　ば

年齢制限《ねんれいせいげん》

インターネット上《じょう》のサービスには、利用《りよう》できるようになる年齢《ねんれい》が決《き》まっているものが数多《かずおお》くあります。利用《りよう》できる年齢《ねんれい》であっても、ある年齢以下《ねんれいいか》は使《つか》える機能《きのう》が限《かぎ》られる場合《ばあい》もあります。ネットは便利《べんり》な分《ぶん》だけ、誤《あやま》った使《つか》い方《かた》をすると大《おお》きなトラブルに巻《ま》き込《こ》まれることがあるためです。未成年《みせいねん》がネットを使《つか》うときは、必《かなら》ず保護者《ほごしゃ》などと相談《そうだん》の上《うえ》、保護者《ほごしゃ》の管理《かんり》の下《もと》で正《ただ》しく行《おこな》ってください。

09

マオウ絶叫《ぜっきょう》!?

「夕飯《ゆうはん》はカレーにするぞ」

「カレーとは？　うまいのか？」

「……適当《てきとう》にネットで検索《けんさく》しろ」

「検索《けんさく》とは調《しら》べるという意味《いみ》で……ネットは調《しら》べものもできるのか!?」

あ～めんどくさい。

今日《きょう》はお母《かあ》さんが忙《いそが》しいから、ぼくが夕飯《ゆうはん》を作《つく》る。で、スーパーに買《か》い物《もの》に行《い》く途中《とちゅう》でマオウと話《はな》してたら、こうなった。

ぼくはマオウのスマホで、検索《けんさく》サイト「BeeBLE《ビーブル》」を立《た》ち上《あ》げ「カレー」とタップ。検索結果《けんさくけっか》に「うお!!」とマオウ。画像検索《がぞうけんさく》に変《か》えたら「うおおおおおお

⁉」と絶叫《ぜっきょう》。

「恐《おそ》るべし検索《けんさく》。これなら辞書《じしょ》を持《も》ち歩《ある》かずにすむな」

「なら、せめて買《か》い物《もの》カゴを持《も》て」

ニンジンやタマネギを入《い》れた買《か》い物《もの》カゴを、マオウに押《お》しつけるぼく。他人《たにん》の家《いえ》に勝手《かって》に転生《てんせい》して、山盛《やまも》りご飯《はん》を食《た》べてんだ。少《すこ》しは役《やく》に立《た》て。

「あとはルーと肉《にく》を……」

「レン、カレーは万人《ばんにん》に愛《あい》されているらしいな。まるで俺様《おれさま》のようだ」

スマホの検索結果《けんさくけっか》をスクロールしながら、マオウが感心《かんしん》する。

「は？　何言《なにい》ってんだ？　ていうか、カレーに謝《あやま》れ」

「……って待《ま》て‼　カレーは絶対辛口《ぜったいからくち》とネットに書《か》いてあるぞ‼　なのに、おまえが選《えら》んだのは甘口《あまくち》⁉　これは……まさか俺様《おれさま》に毒《どく》を盛《も》る気《き》か⁉」

ぼくが棚《たな》から手《て》に取《と》った甘口《あまくち》のルーを指《ゆび》さし、魔王《まおう》が叫《さけ》ぶ。

「毒《どく》」という危険《きけん》な言葉《ことば》で、周囲《しゅうい》の買《か》い物客《ものきゃく》はドン引《び》き。ほとんど営業妨害《えいぎょうぼうがい》。

ちらりとマオウのスマホに目《め》をやれば、誰《だれ》が書《か》いたのか「カレーは絶対辛口一択《ぜったいからくちいったく》」という文字《もじ》が見《み》えた。

ぼくはマオウを人《ひと》けのないコーナーに引《ひ》っ張《ぱ》り込《こ》み「いいか？　検索結果《けんさくけっか》は絶対《ぜったい》じゃない」と告《つ》げる。

「ネット上《じょう》には、いろんな人《ひと》の意見《いけん》がある」

例《たと》えば……と、ぼくはマオウからスマホを取《と》り上《あ》げ「カレー　具材《ぐざい》」とタップ。すると定番《ていばん》から「納豆《なっとう》」「タコ」「シイタケ」などなど、ずらり。

「なんだこれは!?」

「人《ひと》それぞれってことだ。辛《から》さだって、ある人《ひと》にとっては絶対《ぜったい》でも、そうでない人《ひと》もいる。ネットの情報《じょうほう》をうのみにするな。もちろん……」

そこで今度《こんど》は「カレー　とは　辞書《じしょ》」と検索窓《けんさくまど》に入《い》れ、よく知《し》られた辞書《じしょ》のデジタル版《ばん》を選《えら》ぶ。カレーとは何《なに》かという意味《いみ》の説明《せつめい》が現《あらわ》れる。

「信《しん》じていいものだってある。その見極《みきわ》めが必要《ひつよう》なんだ」

「……俺様《おれさま》の目《め》を欺《あざむ》くとは、ネットは油断《ゆだん》ならんな」

油断《ゆだん》も何《なに》も……こんな魔王《まおう》が治《おさ》める魔界《まかい》なんて、秒《びょう》で征服《せいふく》できそうだ。

で、そんなこんなで家《いえ》に帰《かえ》って、カレーを作《つく》ったら作《つく》ったで、また騒動《そうどう》。

「こんな辛《から》いもの食《く》えるか‼」

甘口《あまくち》のカレーに、涙目《なみだめ》のマオウ。

「知《し》るか‼　これが我《わ》が家《や》のカレーなんだ‼　ていうか最初《さいしょ》、絶対辛口《ぜったいからくち》とか叫《さけ》んでたの誰《だれ》だよ⁉」

「おまえ、やはり毒殺《どくさつ》を……⁉」

……勝手《かって》に言《い》ってろ。ぼくはカレーを口《くち》に運《はこ》びながら「辛《から》いなら、ハチミツでもかけて食《く》っとけ！」と一言《ひとこと》。

「おう、かけてやる‼」

そして勢《いきお》いでハチミツをかけたマオウは……「これはうまい‼」。

……ほんと人《ひと》それぞれだね。

甘口《あまくち》
毒《どく》を盛《も》る気《き》か!?
カレー 甘口

ことば

検索《けんさく》

必要《ひつよう》な情報《じょうほう》を探《さが》すことを検索《けんさく》といいます。ネット検索《けんさく》には文字《もじ》情報《じょうほう》の検索《けんさく》の他《ほか》、画像《がぞう》検索《けんさく》などもあります。物語《ものがたり》の通《とお》り、ネット上《じょう》にはさまざまな意見《いけん》があります。発信《はっしん》されていることが正《ただ》しいとは限《かぎ》りません。また時《とき》がたって、以前《いぜん》は正《ただ》しくても今《いま》はそうでないこともあります。誰《だれ》が、いつ、何《なに》を、なぜ、どんな目的《もくてき》で発信《はっしん》したのかなどを確認《かくにん》し、本《ほん》など他《ほか》の情報源《じょうほうげん》にあたることも必要《ひつよう》です。

10 マオウ大《おお》げさ!?

マオウの様子《ようす》が変《へん》だ。

いや、マオウが変《へん》なのはいつものことだ。

でも、なんていうのかな？　最近《さいきん》すごく疲《つか》れた感《かん》じなんだ。

まさかのホームシック？

……なんて心配《しんぱい》してたら、クラスの一部《いちぶ》も妙《みょう》なことに気《き》づいた。男子《だんし》――特《とく》に中心《ちゅうしん》グループの陽《よう》キャな子《こ》たちが、マオウみたいに疲《つか》れ果《は》ててる。

……何《なに》かある。

あやしむぼくに、答《こた》えを教《おし》えてくれたのはツムギだった。

昼休《ひるやす》み、廊下《ろうか》に呼《よ》び出《だ》されたので「また自作《じさく》のラップ？」と身構《みがま》えてたら、ツムギがひそひそ話《はな》し始《はじ》めた。

「レン、知《し》ってる？　マオウくんのPINE《パイン》のこと」

ツムギの誘《さそ》いで、ぼくとツムギとマオウの3人《にん》でグループを作《つく》ったSNS「PINE《パイン》」。当然《とうぜん》マオウのアカウントも作《つく》ったんだけど、人気者《にんきもの》のマオウはその後《ご》、陽《よう》キャ男子《だんし》たちとPINE《パイン》を交換《こうかん》しまくったらしい。で、夜中《よなか》こっそり、長々《ながなが》とPINE《パイン》でやりとりをしていて、みんな疲《つか》れてるという。

学校一《がっこういち》の有名人《ゆうめいじん》――ツムギに入《はい》った情報《じょうほう》だ。間違《まちが》いない。

あいつ……。

「マオウくんって、でも私《わたし》たちのトークには全然入《ぜんぜんはい》ってこないよね？」

首《くび》をひねるツムギに、まさか「ツムギのラップがヤバすぎて避《さ》けてる」とは言《い》えず、ぼくは「ありがとね」と逃《に》げるようにクラスにUターン。

「ちょっと来《こ》い‼」

机《つくえ》に突《つ》っ伏《ぷ》すマオウのパーカーのフードを、問答無用《もんどうむよう》に引《ひ》っ張《ぱ》る。

「何《なに》をする⁉　ああ服《ふく》が、このいまいましい服《ふく》が俺様《おれさま》の首《くび》を……‼」

「やかましい‼」

廊下《ろうか》のすみっこで「聞《き》いたぞ‼　ぼくが寝《ね》てる間《あいだ》に、こっそりPINE《パイン》してんのか⁉」と問《と》い詰《つ》めるぼく。が、マオウは「だから何《なん》だ⁉」と逆《ぎゃく》ギレ。

「俺様《おれさま》を慕《した》うやつらを放《ほう》っておけるか⁉　いつでも相手《あいて》をしてやるのが上《うえ》に立《た》つ者《もの》の心得《こころえ》だ‼　それに……」

言《い》うと、マオウはスマホを取《と》り出《だ》し、PINE《パイン》の画面《がめん》をぼくに見《み》せる。

「この『既読《きどく》』というのは、相手《あいて》が読《よ》んだという意味《いみ》だろ？　読《よ》んだら返事《へんじ》をするのが礼儀《れいぎ》だし、返事《へんじ》がきたら何《なに》かアクションするものだろ⁉　無視《むし》などできるか‼」

「……その結果《けっか》、無限《むげん》ループか？」

「うっ」と言葉《ことば》に詰《つ》まるマオウ。

「心得《こころえ》でも礼儀《れいぎ》でも何《なん》でもいいけど、加減《かげん》ってのがあるだろ？　義務《ぎむ》や修行《しゅぎょう》じゃないんだ。ネットってのは楽《たの》しむものだ。ほどほどにしろ」

「でも、あいつらとの絆《きずな》が……」

「そんなんで切《き》れる絆《きずな》に、何《なに》か意味《いみ》あんのか？　PINE《パイン》のグループの、ぼくとツムギのやりとり見《み》てるだろ？　長々《ながなが》引《ひ》っ張《ぱ》ってないだろ？　それでケンカしてるか？　絆《きずな》が切《き》れたか？」

……自作《じさく》のラップの話《はなし》が主《おも》だから、引《ひ》っ張《ぱ》りたくないだけなのは内緒《ないしょ》ね。

ぼくの言葉《ことば》に、マオウは「……魔界《まかい》の頂点《ちょうてん》に立《た》つ俺様《おれさま》が、おまえのような人間《にんげん》の子《こ》どもに絆《きずな》とは何《なに》かを教《おし》えられるとは……」と膝《ひざ》から崩《くず》れ落《お》ちる。

……いちいち大《おお》げさ。

でも、これがいつものマオウ。やっと元《もと》に戻《もど》った。

ぼくは「ほら、教室戻《きょうしつもど》るぞ」とマオウのパーカーのフードをつかむと、マオウを引《ひ》きずってクラスに戻《もど》った。

ほら、教室《きょう しつ》戻《もど》るぞ

ことば

既読《きどく》

SNS（ネット交流《こうりゅう》サービス）の一部《いちぶ》には、相手《あいて》が読《よ》んだかが分《わ》かる「既読《きどく》」機能《きのう》があります。つい返事《へんじ》を求《もと》めたくなることもあります。しかし自分《じぶん》がそうだからといって、相手《あいて》がそうしてくれるとは限《かぎ》りません。相手《あいて》にもさまざまな事情《じじょう》があります。相《あい》手《て》の立場《たちば》になって考《かんが》えることが大切《たいせつ》です。またネットの長時間利用《ちょうじかんりよう》は健康《けんこう》にも影響《えいきょう》を与《あた》えます。利用時間《りようじかん》は保護者《ほごしゃ》と話《はな》し合《あ》って決《き》めましょう。

11

マオウ身《み》を隠《かく》す!?

「レン……ヤバいぞ……」

夕飯後《ゆうはんご》、宿題《しゅくだい》をしようとランドセルを開《あ》けたとたん、マオウが固《かた》まった。

「おまえがヤバいのはいつものことだ。で、どうした？」

「隣《となり》の女《おんな》の教科書《きょうかしょ》を……盗《ぬす》んできてしまった」

見《み》れば、手《て》には国語《こくご》の教科書《きょうかしょ》。

今日《きょう》の授業《じゅぎょう》で教科書《きょうかしょ》を忘《わす》れたマオウは、隣《となり》の蒲田《かまた》さんという女子《じょし》に見《み》せてもらっていた。そのまま自分《じぶん》のものと勘違《かんちが》いし、持《も》って帰《かえ》ってきたらしい。

蒲田《かまた》さんは物静《ものしず》かだから「それ私《わたし》の……」と言《い》い出《だ》せなかったのかも。

しかも間《ま》の悪《わる》いことに、今日《きょう》の宿題《しゅくだい》は教科書《きょうかしょ》の音読《おんどく》だ。

蒲田《かまた》さん、困《こま》ってるに違《ちが》いない。

「どうしたらいい!? これでは恩《おん》をあだで返《かえ》すことになってしまう!!」

良心《りょうしん》がうずくらしい。

……おまえ本当《ほんとう》に魔王《まおう》か？

ていうか、そりゃ今《いま》すぐ返《かえ》しに行《い》った方《ほう》がいいけど……クラスでは基本一人《きほんひとり》のぼくが蒲田《かまた》さんの家《いえ》や連絡先《れんらくさき》を知《し》るはずも……と考《かんが》え、ふと気《き》づいた。

蒲田《かまた》さんの家《いえ》は、パン屋《や》と聞《き》いたことがある。ぼくはネットで校区内《こうくない》のパン屋《や》を探《さが》し、順《じゅん》に電話《でんわ》をかける。

すると2軒目《けんめ》でビンゴ！

蒲田《かまた》さんは習《なら》い事《ごと》に出《で》かけてて不在《ふざい》だったけど、電話口《でんわぐち》のお母《かあ》さんに事情《じじょう》を話《はな》して「すぐに届《とど》けます！」。そしてマオウとともに家《いえ》を出《で》た。

「ネット検索《けんさく》で店《みせ》を探《さが》し出《だ》すとは、レンよ、おまえわりと使《つか》えるな」

……届《とど》けられると分《わ》かったとたん、いつもの上《うえ》から目線《めせん》のマオウ。

ネットに書《か》かれた店《みせ》の住所《じゅうしょ》を地図《ちず》アプリにコピーしてみると、店《みせ》はぼくの家《いえ》とは駅《えき》を挟《はさ》んで反対側《はんたいがわ》で、ほとんど行《い》ったことない場所《ばしょ》だった。

そこでぼくは、道案内《みちあんない》のスタートをタップ。あとは矢印通《やじるしどお》りにGO。

「ネットが道案内《みちあんない》するのか!?」

「ああGPSっていってな、宇宙《うちゅう》にある人工衛星《じんこうえいせい》ってのがぼくらの今《いま》いる場所《ばしょ》を教《おし》えてくれる。で、目的地《もくてきち》までの道順《みちじゅん》を示《しめ》してくれるんだ」

「……なっ!!　それでは俺様《おれさま》の位置《いち》は丸《まる》わかりということか!?　敵《てき》に狙《ねら》われたらどうする!?」

電信柱《でんしんばしら》の陰《かげ》に身《み》を隠《かく》すマオウ。

「ま～そんな使《つか》い方《かた》もあるかもだけど、少《すく》なくとも今《いま》のおまえは、ただの小《しょう》5だ。狙《ねら》われるほど偉《えら》くない」

「その言《い》い方《かた》……なんか悔《くや》しいぞ」

そうこうしているうちに、ぼくらは蒲田《かまた》さんの家《いえ》に到着《とうちゃく》。教科書《きょうかしょ》を手渡《てわた》すと、お母《かあ》さんが「ありがとね」とパンをいくつか分《わ》けてくれた。

「当然《とうぜん》のことをしたまでだ」

偉《えら》そうなマオウの口《くち》をふさぎ「ありがとうございます」とお礼《れい》と笑顔《えがお》を残《のこ》し、ぼくらは夜道《よみち》を引《ひ》き返《かえ》した。

月明《つきあ》かりの下《もと》、早速《さっそく》パンをほおばりながら「よいことをした後《あと》は気持《きも》ちがいいな‼」とマオウ。

ぼくはといえば「それ魔王《まおう》のセリフか？」とか「飲《の》み物《もの》なしでよくパン食《く》えるな？」とか、突《つ》っ込《こ》みどころが多《おお》すぎて言葉《ことば》が出《で》ない。

マオウはそんなぼくをよそに、満足《まんぞく》げに夜空《よぞら》を見上《みあ》げると「おう！ GPSとやらもしっかり見《み》たであろう？ この魔王《まおう》の偉業《いぎょう》を‼」とドヤ顔《がお》。

……だから、おまえなんか誰《だれ》も注目《ちゅうもく》してないってば。

GPSが
俺様《おれさま》を狙《ねら》ってる⁉

ことば

GPS

GPSとは「Global Positioning System」の略《りゃく》で「全地球測位《ぜんちきゅうそくい》システム」と訳《やく》されます。人工衛星《じんこうえいせい》から位置《いち》を割《わ》り出《だ》すもので、地図《ちず》アプリなどで活《かつ》用《よう》されています。設定《せってい》によっては、撮影《さつえい》した写真《しゃしん》や動画《どうが》に位置情報《いちじょうほう》が含《ふく》まれることもあります。位《い》置情報《ちじょうほう》はその人《ひと》の生活《せいかつ》パターンなどを推測《すいそく》できることがあり注意《ちゅうい》が必要《ひつよう》です。

12
マオウ爆上《ばくあ》げ!?

「なぜレンはそう怒《おこ》るのだ!?」

「やかましい!!　腹《はら》が減《へ》ったからって、ぼくのご飯《はん》まで食《く》うな!!」

「お……俺様《おれさま》は魔王《まおう》だぞ!!」

「それがどうした!?　あ～今《いま》すぐ勇者《ゆうしゃ》になって、おまえを滅《ほろ》ぼしたい!!」

マオウが転生《てんせい》してからというもの、ぼくらは毎日《まいにち》こんな感《かん》じだ。

ほんと、マオウは手《て》に負《お》えない。

……なのに、だ。

学校《がっこう》でのマオウ人気《にんき》は爆上《ばくあ》げ中《ちゅう》。

前回《ぜんかい》、クラスメートの蒲田《かまた》さんから借《か》りパクしてた教科書《きょうかしょ》を、家《いえ》に届《とど》けたでしょ？　あれが原因《げんいん》なんだ。

蒲田《かまた》さんが誰《だれ》にともなく「マオウくんが、わざわざ届《とど》けてくれた」って話《はな》したみたいで、マオウ＝「実《じつ》はいい人《ひと》」の構図《こうず》ができあがったらしい。

よくあるよね？

不良《ふりょう》が雨《あめ》にぬれた子猫《こねこ》を抱《だ》く……みたいな？　普段《ふだん》の行《おこな》いが悪《わる》いと、ちょっといいことしただけで見直《みなお》される。ないわ〜。普段《ふだん》から行《おこな》いがいいのが、一番《いちばん》に決《き》まってるのにね。ていうか、今回《こんかい》についていえば、そもそも借《か》りパクするのが悪《わる》い。あと、ぼくも一緒《いっしょ》に届《とど》けたのに!!

……とクラスでモヤってたら、いや〜な視線《しせん》に気《き》づいた。

クラスの中心《ちゅうしん》の男子《だんし》たちが、ぼくをちら見《み》しては、ひそひそ話《はな》してる。

で、掃除時間《そうじじかん》に聞《き》こえてきたのは「レン、ヤバいらしい」という声《こえ》。

「ケンカがめちゃ強《つよ》くて、家《いえ》でマオウをフルボッコみたい」

……情報《じょうほう》の出所《でどころ》はすぐに分《わ》かった。

「おまえ……ちょっと顔貸《かおか》せ」

教室《きょうしつ》のすみっこで掃除《そうじ》をさぼって男子《だんし》たちと爆笑中《ばくしょうちゅう》のマオウに、ぼくは詰《つ》め寄《よ》る。周囲《しゅうい》のこわ張《ば》った表情《ひょうじょう》に、何《なに》かを感《かん》じた様子《ようす》のマオウ。

が、ぼくは気《き》にせず、男子《だんし》たちに遠《とお》くに行《い》くよう目配《めくば》せ。で、切《き》り出《だ》す。

「ぼくのこと何《なに》か言《い》ったか？」

「は？　俺様《おれさま》は何《なに》も言《い》わん!!」

「想像《そうぞう》はつく。スマホを見《み》せろ」

言《い》うが早《はや》いか、ぼくはマオウのポケットからスマホを奪《うば》って、SNS「PINE《パイン》」の画面《がめん》を開《ひら》く。

見《み》れば〈怒《いか》りMAXのレンがまじヤバい〉とか〈レンは俺様《おれさま》に逆《さか》らう最凶《さいきょう》の存在《そんざい》〉といったメッセージが、男子《だんし》たちとの間《あいだ》でずらり。

「これは何《なん》だ？」

「言《い》ってない、書《か》いただけだ!!」

「とんち比《くら》べか⁉」

「くっ……なぜバレたのだ⁉　内緒《ないしょ》にしたはずなのに⁉」

「リアルの内緒話《ないしょばなし》が漏《も》れるのと同《おな》じだ。なんなら広《ひろ》がるにつれ、話《はなし》が盛《も》られていくのもな。むしろ証拠《しょうこ》が残《のこ》る分《ぶん》、ネットの方《ほう》がたちが悪《わる》い」

「あいつら俺様《おれさま》を裏切《うらぎ》ったのか⁉」

……この期《ご》に及《およ》んで人《ひと》のせいか？

ぼくは「ま～いい。おまえ、今日《きょう》から大好《だいす》きなふりかけ、当分抜《とうぶんぬ》きだ」と笑顔《えがお》でスマホを返《かえ》してやる。たちまち「レン、おまえはひどい男《おとこ》だ‼」と返《かえ》ってくるが、知《し》ったことじゃない。

「上等《じょうとう》だ。せいぜい言《い》ってろ」

言《い》い残《のこ》して、ぼくはふと気《き》づく。なんか今《いま》ぼく、不良《ふりょう》みたい？

見《み》れば、クラスメートが怖々《こわごわ》とぼくを……って違《ちが》う‼　ぼくが悪《わる》いんじゃないんだ‼　ぼくのイメージ、まさかのだだ下《さ》がりですか⁉

ぼくのこと
何《なに》か
言《い》ったか？

ことば

秘密《ひみつ》のやりとり

「ここだけの話《はなし》だよ」と漏《も》らしたことが、いつの間《ま》にか広《ひろ》がるのは日常生活《にちじょうせいかつ》でよくあることです。インターネット上《じょう》でも同《おな》じで、扱《あつか》うのが人間《にんげん》である以《い》上《じょう》、絶対《ぜったい》に漏《も》れない保証《ほしょう》はありません。またネットの場合《ばあい》、自分《じぶん》が消《け》したとしても相手《あいて》などがコピーしている場合《ばあい》もあります。ネットを通《とお》すと、つい気《き》が大《おお》きくなりがちです。思《おも》わぬトラブルにつながることもあります。十分《じゅうぶん》に気《き》をつけましょう。

13 マオウ神妙《しんみょう》!?

お母《かあ》さんの仕事《しごと》が休《やす》みの土日《どにち》、我《わ》が家《や》の夕飯《ゆうはん》はたいてい外食《がいしょく》だ。

前《まえ》も言《い》ったけど、うちはぼくとお母《かあ》さんの2人家族《ふたりかぞく》。だからちょっとぜいたくな、2人《ふたり》の時間《じかん》というわけだ。

転生《てんせい》してからはマオウも一緒《いっしょ》で、ま〜にぎやかしにはちょうどいいかな。

で、いつもは家《いえ》の近所《きんじょ》のお店《みせ》なんだけど……。

「こ……この扉《とびら》はワナ!?　俺様《おれさま》を挟《はさ》み撃《う》ちにする気《き》か!?」

「いいから、早《はや》く改札《かいさつ》にスマホをかざせ。スマホが切符代《きっぷが》わりになる。ていうか、後《うし》ろの人《ひと》に迷惑《めいわく》だ!!」

「スマホが切符《きっぷ》に!?」

「ああ。契約《けいやく》のとき、お母《かあ》さんがおまえのスマホにチャージしといたらしいから大丈夫《だいじょうぶ》だ。ほら早《はや》く!!」

ぼくらはその日《ひ》の夕方《ゆうがた》、電車《でんしゃ》でお母《かあ》さんの会社《かいしゃ》がある都心《としん》に向《む》かった。

休《やす》みなのに、お母《かあ》さんが急《きゅう》に会社《かいしゃ》に呼《よ》び出《だ》されて「会社《かいしゃ》の近《ちか》くのお店《みせ》でもいい?」となったわけだ。

「で、なぜスマホが切符《きっぷ》になる?」

駅《えき》のホームでマオウが尋《たず》ねる。ぼくは自販機《じはんき》にスマホを近《ちか》づけてジュースを1本《ぽん》買《か》い「買《か》い物《もの》もできるぞ」とマオウに手渡《てわた》した。

「キャッシュレス決済《けっさい》って言《い》って、現金《げんきん》なしで払《はら》うスマホの機能《きのう》の一《ひと》つだ。預《あず》けてあるお金《かね》の情報《じょうほう》を、スマホを通《とお》して改札《かいさつ》なり自販機《じはんき》なりが読《よ》み込《こ》んでる。で、使《つか》ったら預《あず》けてあるお金《かね》から引《ひ》かれる。ほかにもクレジットカードや毎月《まいつき》のスマホの料金《りょうきん》にひも付《づ》いてて、後払《あとばら》いのもある。ついでに言《い》うと、スマホをかざすんじゃなく、バーコードっていう模様《もよう》みたいなのなんかをスマホで読《よ》み込《こ》んで払《はら》う形《かたち》もある」

「スマホが財布《さいふ》になるのか⁉」

電車《でんしゃ》に乗《の》ってる間《あいだ》も、マオウは「な～俺様《おれさま》のスマホには、いくら入《はい》ってるんだ？」とかなんとか興味津々《きょうみしんしん》。

「ぼくと同《おな》じ3000円《えん》じゃない？　何《なに》かのとき困《こま》らないようにって」

そんなこんなで、最寄《もよ》り駅《えき》に着《つ》いたのは午後《ごご》6時《じ》。

会社《かいしゃ》は駅《えき》から歩《ある》いてすぐだ。

……なのに。

マオウが神妙《しんみょう》な顔《かお》で「おまえと母親《ははおや》だけで先《さき》に飯《めし》を食《く》え」と言《い》い出《だ》した。

「家族《かぞく》2人《ふたり》だけの時間《じかん》も必要《ひつよう》だろ？　ほどよいころにスマホで呼《よ》べ」

そう言《い》い残《のこ》し、去《さ》るマオウ。

突然《とつぜん》のことに、ぼくは言葉《ことば》を失《うしな》い……なんてことはない。

マオウのパーカーのフードをつかみ「どこ行《い》く気《き》だ？」と引《ひ》き寄《よ》せる。

「目的《もくてき》はあれだな？」

駅《えき》ビルの中《なか》の百貨店《ひゃっかてん》。看板《かんばん》に「全国名産《ぜんこくめいさん》ふりかけ祭《まつ》り」という文字《もじ》。

「スマホで払《はら》えるからって、大好《だいす》きなふりかけをこっそり買《か》う気《き》か？」

「くっ……なぜ分《わ》かった⁉」

「これまで遠慮《えんりょ》の一《ひと》つもなかったくせに、今《いま》さらムダだ‼　それに……おまえは肝心《かんじん》なことを聞《き》き忘《わす》れてる」

ぼくは、にやりと笑《え》みを浮《う》かべる。

「スマホで買《か》い物《もの》するときの、最大《さいだい》の弱点《じゃくてん》だ。現金《げんきん》と違《ちが》って、スマホの支払《しはら》いはどこでもOKじゃない。ちなみにあの店《みせ》は確《たし》か……ぼくらのスマホに登録《とうろく》されてるのではダメなはず」

「む……無念《むねん》……」

「ネットの知識《ちしき》でぼくをだまそうなんて、100万年早《まんねんはや》いわ‼」

休日《きゅうじつ》の人《ひと》でごったがえす駅前《えきまえ》に、ぼくの勝利宣言《しょうりせんげん》が高《たか》らかに響《ひび》き渡《わた》った。

これはワナか!?

こ と ば

キャッシュレス決済《けっさい》

現金《げんきん》を使《つか》わずにお金《かね》を払《はら》うことです。英語《えいご》の「cash（現金《げんきん》）」と「less（少《すく》なくする）」を組《く》み合《あ》わせたものです。現在《げんざい》、日本《にっぽん》の支払《しはら》いの約《やく》40%がキャッシュレスです（2023年《ねん》）。方法《ほうほう》はクレジットカードや電子《でんし》マネーなどさまざまです。現金《げんきん》を持《も》ち歩《ある》かずにすむ一方《いっぽう》、形式《けいしき》がたくさんあって分《わ》かりにくい、どこでも使《つか》えるわけではないという欠点《けってん》もあります。

14

マオウ嗅《か》ぎつける!?

ちょっと考《かんが》えてみて。

幼《おさな》なじみの女子《じょし》と二人《ふたり》っきり。体育館裏《たいいくかんうら》で向《む》き合《あ》う男子《だんし》の気持《きも》ちを。

放課後《ほうかご》、ツムギが「ちょっといい？」と真剣《しんけん》な表情《ひょうじょう》で声《こえ》をかけてきたんだ。これは……何《なに》かある。そう察《さっ》したぼくは、そっと教室《きょうしつ》を抜《ぬ》けてきた。

ちょうどマオウは男子《だんし》たちと遊《あそ》んでて、こちらに気《き》づく様子《ようす》はなかった。

で、こんなときって期待《きたい》しない？　甘酸《あまず》っぱい青春《せいしゅん》のあれこれを、ね？

なのに……。

〈♪リップでスキップ　彩《いろど》りアップ　刻《きざ》むぜラップ　好感度《こうかんど》アップ♪〉

体育館裏《たいいくかんうら》で、いきなり自作《じさく》とおぼしきラップを披露《ひろう》するツムギ。

そして「全然《ぜんぜん》、魂《たましい》こもってないよね？」と悲《かな》しげに首《くび》を振《ふ》る。

……魂《たましい》がどうかは全然分《ぜんぜんわ》からない。が、本人《ほんにん》がそう言《い》うからには何《なに》かあるのだろう。「どうしたの？」と聞《き》けば「ステマだよ」と返《かえ》ってきた。

「仲《なか》のいい知《し》り合《あ》いからステマ案件《あんけん》が来《き》て、リップの会社《かいしゃ》の商品《しょうひん》を自作《じさく》のラップでこっそり紹介《しょうかい》してって……でも、そういうのよくないよね？」

今《いま》にも泣《な》きそうな顔《かお》。ぼくが「それは……」と言《い》いかけた、そのとき。

「レン！　見損《みそこ》なったぞ!!」

……めんどくさいのが現《あらわ》れた。

どこで嗅《か》ぎつけたのか、振《ふ》り返《かえ》れば、険《けわ》しい表情《ひょうじょう》のマオウが立《た》っていた。

「仲間《なかま》を泣《な》かすとは何事《なにごと》だ!!」

「違《ちが》う!!　ぼくらは今《いま》ネットのステマについて……」

言《い》いかけて、口《くち》を閉《と》ざしたけど後《あと》の祭《まつ》り。うるさく聞《き》かれる前《まえ》に、ぼくはさっさと続《つづ》ける。「ステマってのはステルスマーケティングの略《りゃく》だ」

「広告《こうこく》と明《あ》かさずに、ネットで影響力《えいきょうりょく》のある人《ひと》に商品《しょうひん》を使《つか》わせたり感想《かんそう》を言《い》わせたりして宣伝《せんでん》するってこと。で、インフルエンサーのツムギにそういう話《はなし》が人《ひと》づてにきたけど、乗《の》り気《き》じゃなくてどうしよう……って話《はなし》だ」

「……なんだ、そんなことか」

マオウは肩《かた》をすくめてみせる。

「商品《しょうひん》に魅力《みりょく》があれば、そんな方法《ほうほう》はとらん。なら、それはつまらんものだ。ツムギはそれでも歌《うた》うのか?」

「でも知《し》り合《あ》いから頼《たの》まれて……」

うつむくツムギに、マオウは「見《み》よ」と自分《じぶん》の足《あし》もとを指《ゆび》さした。

「俺様《おれさま》は絶対《ぜったい》に靴下《くつした》ははかん。誰《だれ》に頼《たの》まれてもだ。なぜか?　俺様《おれさま》は俺様《おれさま》だからだ。俺様《おれさま》のプライドだ」

……何《なに》を偉《えら》そうに語《かた》ってんだ?　ただの魔界《まかい》の風習《ふうしゅう》だろ?

あきれるぼくをよそに、マオウは重々《おもおも》しく言《い》う。

「で、ツムギのプライドはどこにある？」

おまえの裸足《はだし》と一緒《いっしょ》にすんな……と、思《おも》わず突《つ》っ込《こ》みそうになるぼく。

けど、ぼくより先《さき》にツムギが動《うご》いた。

〈♪握《にぎ》ったソード、最大《さいだい》のガード、流《なが》れるブラッド、胸《むね》にプライド♪〉

急《きゅう》に重低音《じゅうていおん》でラップを刻《きざ》んだかと思《おも》えば、つかつか歩《ある》き出《だ》し、マオウと「YOO!!」と渾身《こんしん》のハイタッチ。

え!?　何《なに》!?　もしかして今《いま》ので分《わ》かり合《あ》っちゃった？　うそでしょ!?

「ありがとう。私《わたし》、断《ことわ》るよ」

「礼《れい》には及《およ》ばん」

満足《まんぞく》げな二人《ふたり》とは対照的《たいしょうてき》に、ぼくだけ取《と》り残《のこ》されて、ぽかん……。

……こんな展開《てんかい》あり!?　ていうか、ぼくの甘酸《あまず》っぱい青春《せいしゅん》を返《かえ》せ!!

俺様《おれさま》は靴下《くつした》ははかん‼

ことば

ステルスマーケティング

宣伝《せんでん》であることを隠《かく》した宣伝《せんでん》のことで「ステマ」ともいいます。英語《えいご》の「stealth（ひっそり行《おこな》う）」「marketing（宣伝《せんでん》など商品《しょうひん》にまつわる活動《かつどう》）」を組《く》み合《あ》わせたもので、買《か》う人《ひと》の判断《はんだん》をゆがめるおそれがあります。物語《ものがたり》のように、インターネット上《じょう》の有名人《ゆうめいじん》を利用《りよう》するもの以外《いがい》に、お金《かね》を払《はら》うなどしてよい評価《ひょうか》をしてもらうなどがあります。ネットの情報《じょうほう》には十分《じゅうぶん》な注意《ちゅうい》が必要《ひつよう》です。

15
マオウ激突《げきとつ》!?

マオウが転生《てんせい》して、うちの子《こ》ども部屋《べや》が狭《せま》くなった。

ベッドと机《つくえ》が１人《ひとり》分《ぶん》増《ふ》え、ぼくのスペースは半分《はんぶん》に。一緒《いっしょ》に住《す》んでんだから、ま～仕方《しかた》ないっちゃ仕方《しかた》ない。

でもね。

狭《せま》くなるだけならまだしも、マオウは片付《かたづ》けって言葉《ことば》を知《し》らない。

出《だ》したら出《だ》しっぱなしだ。

なんならお菓子《かし》とか普通《ふつう》にボリボリ食《た》べて袋《ふくろ》は放置《ほうち》。今日《きょう》も「笑止《しょうし》!!　スプーンなど不要《ふよう》!!」とプリンをちゅーちゅー吸《す》い、カップは机《つくえ》にポイ。

汚部屋《おべや》まっしぐら。

「おまえ、いいかげんにしろ!!」

ぼくが怒鳴《どな》っても「掃除《そうじ》など手下《てした》がするものだ」と涼《すず》しい顔《かお》。

手下《てした》って……ぼくのことか？

腹立《はらだ》ち紛《まぎ》れに、床《ゆか》に落《お》ちてたマオウのランドセルをドンと乱暴《らんぼう》に机《つくえ》に置《お》いたら、中《なか》から重《おも》いものがゴトリ……。

学校《がっこう》で配《くば》られてるタブレットだ。

「お～それ毎日持《まいにちも》ち帰《かえ》ってるが、いったい何《なん》なんだ？　ただでさえくそ重《おも》たいランドセルとやらを重《おも》くしおって。敵襲《てきしゅう》に備《そな》えた盾《たて》か？」

「……うちのクラス、ほとんど授業《じゅぎょう》で使《つか》ってないから仕方《しかた》ないけど、これもいちおうネット関係《かんけい》の道具《どうぐ》だぞ？」

「何《なに》っ!?」

急《きゅう》に真顔《まがお》になるマオウ。

「ネットの道具《どうぐ》はスマホだけではないのか!?」

「お母《かあ》さんが会社《かいしゃ》から持《も》ち帰《かえ》って、リビングでパチパチ何《なに》か打《う》ってるのがあるだろ？　あれはパソコン。で、パソコンの機能《きのう》をある程度残《ていどのこ》して、多少持《たしょうも》ち運《はこ》びやすくしたのが、このタブレット。んで、スマホを含《ふく》めて、こういうのをまとめてデバイスっていうんだ。どれもスマホと同《おな》じように、アプリを入《い》れていろいろできる」

「……なぜ、そんなにいろいろ必要《ひつよう》なのだ？　スマホだけでよかろう？」

「使《つか》い道《みち》が違《ちが》うんだ。複雑《ふくざつ》な作業《さぎょう》は大《おお》きな画面《がめん》で高性能《こうせいのう》なパソコンがいいし、それほどでなければタブレット、日《ひ》ごろ持《も》ち歩《ある》いて電話《でんわ》もするならスマホ……って具合《ぐあい》だ。ま～プリンを吸《す》って食《く》ってるようなやつには関係《かんけい》ない話《はなし》かな？」

「おい……どういう意味《いみ》だ？」

「ブタに真珠《しんじゅ》、ネコに小判《こばん》、マオウにデバイス」

「あ？」

「スプーン一《ひと》つめんどくさがって使《つか》えないやつに、それぞれのデバイスの使《つか》い道《みち》の違《ちが》いを教《おし》えたところでムダだって意味《いみ》だ」

「お……俺様《おれさま》をバカにするのか⁉」

「バカにされたくなかったら、まずは部屋《へや》の片付《かたづ》けだ。それとも何《なに》か？　これが魔界《まかい》クオリティーか？」

「レン！　言《い》い過《す》ぎだぞ‼」

急《きゅう》に怒《おこ》りだしたかと思《おも》えば、ぼくに飛《と》びかかろうとするマオウ。

が、そのとき。

足《あし》もとに落《お》ちていたお菓子《かし》の袋《ふくろ》を踏《ふ》んで、つるん。

顔《かお》からドスンと床《ゆか》に激突《げきとつ》。

「お……おのれ……この袋《ふくろ》め、八《や》つ裂《ざ》きにしてくれるわ‼」

痛《いた》みと恥《は》ずかしさのせいか、じわり涙目《なみだめ》のマオウ。

これでもかとばかりに袋《ふくろ》をビリビリ破《やぶ》るマオウに、ぼくは「それ終《お》わったら、次《つぎ》はベッドの上《うえ》な」と、ため息《いき》を一《ひと》つこぼした。

ムキーッ
ドスンッ
ポテチ
チップス

ことば

デバイス

スマートフォンなどの情報端末《じょうほうたんまつ》のことを、デバイスといいます。技術《ぎじゅつ》の進歩《しんぽ》によってデバイスも日々《ひび》進化《しんか》しています。ちなみに複数《ふくすう》の利用者《りようしゃ》で共有《きょうゆう》するデバイスを、共有《きょうゆう》デバイスといいます。共有《きょうゆう》する際《さい》は、個人情報《こじんじょうほう》を守《まも》るために、自分《じぶん》のIDやパスワードをしっかり管理《かんり》しましょう。また使《つか》い終《お》わった後《あと》は、ログアウト（自分《じぶん》のアカウントにアクセスできないよう接続《せつぞく》を切《き》ること）しましょう。

16

マオウ成仏《じょうぶつ》!?

予兆《よちょう》は確《たし》かにあった。

その一《いち》、最近《さいきん》決《き》まった缶《かん》ジュースをやけに飲《の》んでいた。

その二《に》、何《なに》かと言《い》えば「おまえはもう成仏《じょうぶつ》している」という謎《なぞ》フレーズ。

その三《さん》、「年齢制限《ねんれいせいげん》のない募集《ぼしゅう》は、子《こ》どもも応募《おうぼ》ＯＫだな？」と念押《ねんお》し。

「おい、レンよ。俺様《おれさま》にメールアドレスとやらを貢《みつ》げ」

その日《ひ》の夕飯《ゆうはん》終《お》わりに、マオウが急《きゅう》に言《い》い出《だ》したんだ。

どうやらメアドがほしいらしい。

「何《なに》をたくらんでる？」

「俺様《おれさま》は世紀末《せいきまつ》の覇者《はしゃ》になる」

……はい？

ぽかんとするぼくに、マオウがスマホの画面《がめん》を見《み》せつける。

〈連載開始《れんさいかいし》40年記念《ねんきねん》!!　『ホトケの拳《けん》』ポスターが抽選《ちゅうせん》で100人《にん》に!!〉

缶《かん》ジュースについてるシールに記《しる》されたシリアルナンバーを打《う》ち込《こ》むと、抽選《ちゅうせん》で「ホトケの拳《けん》」というマンガのポスターがもらえるという、大手飲料水《おおていんりょうすい》メーカーの企画《きかく》のようだ。見《み》れば、応募《おうぼ》に年齢制限《ねんれいせいげん》はなく、住所氏名年齢《じゅうしょしめいねんれい》とメアドを記《しる》すだけ。そこでメアドが必要《ひつよう》ということらしい。

ていうか、何《なん》で「ホトケの拳《けん》」？　マンガといえば、今《いま》はやりの「押忍《おす》の子《こ》」も「スパイス・ファミリー」もある。なのになぜ？

「ホトケの拳《けん》」は、世紀末《せいきまつ》を舞台《ぶたい》に、仏法《ぶっぽう》の戦士《せんし》が「ホトケ神拳《しんけん》」という拳法《けんぽう》で、悪《あく》を倒《たお》す昭和《しょうわ》の名作《めいさく》……らしい。令和《れいわ》の小学生《しょうがくせい》のぼくが知《し》ってるのは、そのくらい。決《き》めゼリフは確《たし》か「おまえはもう成仏《じょうぶつ》している」。

「クラスのやつの親《おや》のマンガを、借《か》りて読《よ》んだら感動《かんどう》してな。人間《にんげん》のくせに、よい物語《ものがたり》を作《つく》りおるわ!!」

「主人公《しゅじんこう》が仏法《ぶっぽう》の戦士《せんし》で、使《つか》う拳法《けんぽう》がホトケ神拳《しんけん》で、感動《かんどう》したのが魔王《まおう》って……仏《ほとけ》か神《かみ》か悪魔《あくま》か、いろいろやっかいだが、だいたいは分《わ》かった」

「ホトケ神拳《しんけん》は無敵《むてき》だ!!」

気分《きぶん》はすっかり主人公《しゅじんこう》。

ちょうど、お母《かあ》さんが仕事《しごと》から帰《かえ》ってきたので、念《ねん》のためいろいろ細《こま》かいことを伝《つた》え、ぼくらは子《こ》ども部屋《べや》へ。

ぼくはマオウのスマホを預《あず》かり、検索《けんさく》サイト「BeeBLE《ビーブル》」のアカウントとパスワードを設定《せってい》し、ついでにメールアドレスを作《つく》ってやった。

「いいか、今回《こんかい》はまともな応募《おうぼ》だからいいけど、アドレスを何《なん》にでもさらすなよ。悪用《あくよう》されるかもだからな」

「ふん。また悪用《あくよう》か？　悪用《あくよう》するやつなど俺様《おれさま》のホトケ神拳《しんけん》で成仏《じょうぶつ》させてくれるわ!!　ほわたあぁ!!」

「……で、シリアルナンバーを打《う》つんだろ？　シールは何枚《なんまい》あるんだ？」

「聞《き》いて驚《おどろ》け15枚《まい》もある!!」

よくもまあ、ため込《こ》んだもんだ。あきれながら、チャンスは15回《かい》……と、スクロールして応募画面《おうぼがめん》を開《ひら》いたぼくは、そこでぴたりと手《て》を止《と》めた。

「……応募《おうぼ》は無理《むり》だ。残念《ざんねん》ながら締《し》め切《き》りは1週間前《しゅうかんまえ》だった」

「な!?」

ぼくからスマホを奪《うば》い取《と》り、画面《がめん》を見《み》つめて、わなわなと震《ふる》えるマオウ。

シールをため込《こ》む前《まえ》に、すぐ応募《おうぼ》してればいいものを。かわいそうだけど、これはかりはどうしようもない。

「な……何《なん》とかならんか？」

魂《たましい》が抜《ぬ》けかけたマオウに、ぼくは首《くび》を横《よこ》に振《ふ》り「おまえはもう成仏《じょうぶつ》している」と静《しず》かに告《つ》げた。

おまえはもう成仏《じょうぶつ》している

ことば

メールアドレス

スマートフォンなどの機器《きき》同士《どうし》が専用《せんよう》のソフトを使《つか》い、インターネットを利用《りよう》して情報《じょうほう》をやりとりする機能《きのう》を電子《でんし》メール（e−mail）といいます。電子《でんし》メールは相手先《あいてさき》の住所《じゅうしょ》にあたるアドレスに送《おく》ります（メールアドレス）。悪用《あくよう》されないよう、ネット上《じょう》でむやみやたらに明《あ》かすのはやめましょう。電子《でんし》メールを使《つか》った詐欺《さぎ》もあります。注意《ちゅうい》してください。

17 マオウ訴《うった》える!?

土曜《どよう》の朝《あさ》、まだ寝《ね》ていたい午前《ごぜん》7時《じ》。

「おいレン、金《かね》を出《だ》せ」

……おまえは銀行強盗《ぎんこうごうとう》か？

寝《ね》ているぼくの体《からだ》を、力任《ちからまか》せに揺《ゆ》さぶるマオウ。ぼくは枕《まくら》に顔《かお》をうずめ「何《なん》でお金《かね》が……」と言《い》いかけて、はっとする。

起《お》き上《あ》がってみれば案《あん》の定《じょう》、マオウの手《て》にはスマホ。

あれだけ言《い》ったのに……。

画面《がめん》には、マオウの好《す》きなマンガ「ホトケの拳《けん》」のゲームがちらり。

覚《おぼ》えてる？　「ホトケの拳《けん》」ってのは、世紀末《せいきまつ》を舞台《ぶたい》に仏法《ぶっぽう》の戦士《せんし》が「ホトケ神拳《しんけん》」という拳法《けんぽう》で悪《あく》を倒《たお》し「おまえはもう成仏《じょうぶつ》している」とか言《い》う、昭和《しょうわ》のマンガだ。令和《れいわ》の今《いま》、なぜかマオウをとりこにしたやつね。

前回《ぜんかい》、このマンガのポスターが当《あ》たるキャンペーンに、応募《おうぼ》できなかったマオウ。少《すこ》しかわいそうになって、ぼくはあの後《あと》ネット検索《けんさく》したんだ。

そして見《み》つけた「ホトケの拳《けん》」の無料《むりょう》ゲームアプリ。

早速《さっそく》ダウンロードしてやって「過《す》ぎたことは仕方《しかた》ない。とりあえずゲームでもして気分転換《きぶんてんかん》しろ」と勧《すす》めた。

ただし「課金《かきん》はダメだからな」と念《ねん》を押《お》して、ね。

なのに……。

休《やす》みだからって夜通《よどお》しゲームしてたのか、マオウは疲《つか》れた顔《かお》で訴《うった》える。

「世紀末《せいきまつ》の覇者《はしゃ》を目指《めざ》すには、レアグッズの仏具《ぶつぐ》が必要《ひつよう》なのだ!!　仏具《ぶつぐ》がないと必殺《ひっさつ》『阿弥陀如来斬《あみだにょらいざん》』が出《で》ないのだ!!　頼《たの》む……課金《かきん》を……」

ぶっちゃけ課金《かきん》にはいろいろ方法《ほうほう》があって、こっそりやればできなくもない。

が、マオウは課金《かきん》＝現金払《げんきんばら》いと勘違《かんちが》いしてるらしく、そこは助《たす》かった。

ぼくは「課金《かきん》するなって言《い》ったよな？」と首《くび》を横《よこ》に振《ふ》る。

「ゲームが悪《わる》いとは言《い》わない。お金《かね》を使《つか》いたい気持《きも》ちも分《わ》かる。けど、おまえ小学生《しょうがくせい》だろ？　自分《じぶん》で稼《かせ》いだお金《かね》じゃないのに、勝手《かって》に課金《かきん》していいわけ？　おまえが使《つか》うお金《かね》は、お母《かあ》さんが働《はたら》いて手《て》に入《い》れたお金《かね》だぞ？」

「それは……なら、おまえの母《はは》に頼《たの》めばいいのか？」

「で、お母《かあ》さんのお金《かね》で世紀末《せいきまつ》の覇者《はしゃ》になって、それでいいのか？　魔王《まおう》のプライドは？　口《くち》だけか？」

「はうっ!?」

「ていうかゲームの世界《せかい》で世紀末《せいきまつ》の覇者《はしゃ》を目指《めざ》すくらいなら、リアルの世界《せかい》で目指《めざ》せば？　魔王《まおう》だろ？」

正直《しょうじき》、マオウの説得《せっとく》はチョロい。俺様体質《おれさまたいしつ》をくすぐれば、すぐ納得《なっとく》する。

ぼくはそのまま、もう一眠《ひとねむ》り。

……だけど。

翌週《よくしゅう》、ぼくは心《こころ》の底《そこ》から後悔《こうかい》した。

説得《せっとく》はチョロいけど、説得《せっとく》した先《さき》が読《よ》めないのがマオウだった。

「くらえ‼　千手観音波《せんじゅかんのんは》‼」

昼休《ひるやす》みにクラスの陽《よう》キャたちを集《あつ》め、小《しょう》5にして、まさかのごっこ遊《あそ》び。マオウは世紀末《せいきまつ》の覇者《はしゃ》になりきり、陽《よう》キャたちも「何《なに》それ⁉」とノリノリ。

マオウが「……おまえはもう成仏《じょうぶつ》している」と決《き》めれば「すげ～かっけ～‼」という声《こえ》まで上《あ》がる。

おまえ、ほんとに異世界《いせかい》の魔王《まおう》か？

「レンもやるか？　悪党役《あくとうやく》なら空《あ》いてるぞ？　ほあたたたたたたたっ‼」

……こんな形《かたち》でリアルに世紀末《せいきまつ》の覇者《はしゃ》を目指《めざ》すとは。ぼくが成仏《じょうぶつ》しちゃいそう……。ぼくは力《ちから》なく机《つくえ》に突《つ》っ伏《ぷ》した。

千手観音波《せんじゅかんのんは》!!
それでいいのか…?

こ　と　ば

ゲーム課金《かきん》

スマートフォンなどのゲームには、ゲームそのものは無料《むりょう》でもアイテムなどを入手《にゅうしゅ》するためにお金《かね》が必要《ひつよう》なものがあります。これを課金《かきん》といいます。このうち中身《なかみ》が無作為《むさくい》に決《き》まるものは「ガチャ」と呼《よ》ばれ「射幸心《しゃこうしん》（まぐれ当《あ》たりの利益《りえき》を願《ねが》う気持《きも》ち）」をあおるという指摘《してき》があります。決済《けっさい》（お金《かね》を使《つか》うこと）の表示《ひょうじ》が出《で》たら一人《ひとり》では判断《はんだん》せずに、必《かなら》ず保護者《ほごしゃ》と相談《そうだん》してください。

18 マオウ断《ことわ》る!?

ダメなことはダメと断《ことわ》る。それが本当《ほんとう》の仲間《なかま》だよね？

「YOO!!　魔王降臨《まおうこうりん》!!　揺《ゆ》らす精神《せいしん》!!　記録更新《きろくこうしん》!!　ライブ配信《はいしん》!!」

いくらラップで熱《あつ》く語《かた》られても、ぼくの答《こた》えは変《か》わらない。

「……ダメ絶対《ぜったい》」

ぼくは、きっぱりツムギに告《つ》げる。

「あんな存在《そんざい》が放送事故《ほうそうじこ》みたいなマオウとライブ配信《はいしん》なんて、誰得《だれとく》？」

放課後《ほうかご》の帰《かえ》り道《みち》、ぼくとツムギは並《なら》んで歩《ある》いていた。マオウとだらだら帰《かえ》ってたら、たまたま会《あ》ったんだ。

で、マオウはといえば、いつものように周囲《しゅうい》に友《とも》だちを見《み》つけ、フェードアウト。

陽《よう》キャたちと騒《さわ》ぐマオウの背中《せなか》は、ぼくらのずっと先《さき》にあった。

でね、ツムギとは最初《さいしょ》、クラスメートや先生《せんせい》の話《はなし》で盛《も》り上《あ》がってたんだ。それがどこかで「マオウ君《くん》、人気《にんき》だよね」となり、気《き》づくと「マオウ君《くん》とライブ配信《はいしん》したい」となってしまった。

……ないわ〜。

ご存《ぞん》じの通《とお》り、ツムギは独特《どくとく》なラップで動画共有《どうがきょうゆう》サービス「PicPoc《ピックポック》」をにぎわせるインフルエンサーだ。

バキバキにとがったキャラのマオウと、コラボしたい気持《きも》ちは分《わ》からないでもない。「おもしろい」という意味《いみ》ではたぶん間違《まちが》ってない。

が、モノには限度《げんど》ってものがある。

あいつがライブ配信《はいしん》で何《なに》をやるか、想像《そうぞう》もつかない。今《いま》までツムギが積《つ》み重《かさ》ねてきたものが、ぶっ壊《こわ》れる可能性大《かのうせいだい》。あと、ぼくの平穏《へいおん》な日々《ひび》も、だ。

「ね〜なら、普通《ふつう》に撮影《さつえい》してアップならいい？　顔《かお》とか声《こえ》とか加工《かこう》して、やばかったら音消《おとけ》して、ね？」

「加工《かこう》してもバレないとは限《かぎ》んないし、お母《かあ》さんにも聞《き》いてみて……」

なおも渋《しぶ》るぼくに、ツムギは「じゃあ本人《ほんにん》がいいって言《い》ったらいい？」と、まさかの変化球《へんかきゅう》。マオウの背中《せなか》に向《む》かって猛《もう》スピードで走《はし》りだした。

ヤバい!?

俺様体質《おれさまたいしつ》のマオウのことだ。きっと「俺様《おれさま》の魅力《みりょく》を伝《つた》える日《ひ》が来《き》た!!」とかって話《はなし》に乗《の》るに違《ちが》いない。

世《よ》のため、ツムギのため、そしてぼくのため……ダメだってば!!

慌《あわ》ててツムギを追《お》う、ぼく。

が、運動《うんどう》が苦手《にがて》なぼくより、ツムギの方《ほう》が圧倒的《あっとうてき》に速《はや》い。

ぼくがマオウのところにたどり着《つ》いたとき、ツムギはすでに話《はな》し終《お》え、マオウの答《こた》えを待《ま》っている様子《ようす》だった。

「俺様《おれさま》が……ツムギと？」

肩《かた》をすくめ、鼻《はな》で笑《わら》うマオウ。

「どんな形《かたち》であれ断《ことわ》る」

ツムギとぼくは顔《かお》を見合《みあ》わせる。

あのマオウがあっさり断《ことわ》るなんて……。給食《きゅうしょく》に変《へん》なものでも入《はい》ってた？

しかし、マオウの口《くち》から飛《と》び出《だ》した理由《りゆう》は、ぼくの想像《そうぞう》の斜《なな》め上《うえ》だった。

「やるなら、俺様《おれさま》は一人《ひとり》がいい。俺様《おれさま》は俺様《おれさま》一人《ひとり》で十分《じゅうぶん》だからな」

「すごい‼　キャラがぶれない‼」

前向《まえむ》きな勘違《かんちが》いで〈初志貫徹《しょしかんてつ》‼　歩《あゆ》むワンツー‼　目立《めだ》つあいつ　キャラの産物《さんぶつ》‼〉とラップを刻《きざ》むツムギ。

どうやら納得《なっとく》したらしい。ぼくはといえば、あきれるやらほっとするやら、深《ふか》いため息《いき》が漏《も》れた。そんなぼくに、マオウは「たいへんな女《おんな》だな。だが応援《おうえん》してるぞ、レン」と知《し》ったふうな顔《かお》で、にやにや。

はあ⁉　な……なんだよそれ⁉

応援《おうえん》してるぞ、レン
?

こ　と　ば

写真《しゃしん》や動画《どうが》のアップロード①

スマートフォンなどからインターネット上《じょう》にファイル（写真《しゃしん》や動画《どうが》など）を送《おく》ることを、アップロードといいます。ネット上《じょう》のファイルを自分《じぶん》の機器《きき》に保存《ほぞん》することはダウンロードといいます。アップしたものは、他《ほか》のユーザーとシェア（共有《きょうゆう》）もできます。アップされたものは加工《かこう》や編集《へんしゅう》をしたから個人《こじん》を特定《とくてい》できないとは限《かぎ》りません。コピーされることもあります。アップは保護者《ほごしゃ》と行《おこな》ってください。

19

マオウ駆《か》ける!?

ぼくの足《あし》もとに転《ころ》がってきたボールは、秒《びょう》で相手《あいて》チームに奪《うば》われる。

……チームメートの視線《しせん》が痛《いた》い。

（こいつ下手《へた》すぎじゃね？）

マオウ以外《いがい》の全《すべ》ての目《め》が、そう語《かた》っている。団体競技《だんたいきょうぎ》で、運動《うんどう》が苦手《にがて》な子《こ》に向《む》けられる視線《しせん》だ。慣《な》れてはいても、正直《しょうじき》つらい。

「なんで、ぼくがこんな目《め》に……」

放課後《ほうかご》、クラスの友《とも》だちと遊《あそ》ぶからと無理《むり》やりマオウに連《つ》れ出《だ》され、着《つ》いた先《さき》は学校《がっこう》のグラウンド。みんなでサッカーをやるからと、嫌《いや》がるぼくも強制参《きょうせいさん》加《か》させられてしまった。

マオウはといえば「これが魔界《まかい》の流儀《りゅうぎ》!!」と裸足《はだし》になって、すいすい走《はし》り抜《ぬ》け、すぐにボールを奪《うば》う。そして必《かなら》ずぼくにパス。マオウなりの気遣《きづか》いかもしれない。が、まじやめてほしい。ていうか、空気読《くうきよ》め。

「な～レン外《はず》さない？　足引《あしひ》っ張《ぱ》るだけじゃん」

「何《なに》を言《い》う。こいつはやりおるぞ」

せっかく（いい悪《わる》いは別《べつ》にして）チームメートが言《い》ってくれてるのに、マオウは断固拒否《だんこきょひ》。首《くび》を縦《たて》に振《ふ》らない。

何《なに》それ？　拷問《ごうもん》？　走《はし》りに走《はし》って、息《いき》も絶《た》え絶《だ》えになった、そのとき。

「お～5年《ねん》どけよ」

どこからか6年生《ねんせい》の集団《しゅうだん》が現《あらわ》れた。手《て》にはサッカーボール。ここでサッカーをしたいらしい。力《ちから》にモノを言《い》わせ、ぼくらをどかそうというわけだ。

感《かん》じ悪《わる》っ!!

けど、ぼくは救《すく》われたと思《おも》った。

これでやっと解放《かいほう》される!!

ところが、こういうときに黙《だま》ってないのがマオウだ。

「おまえらこそ、どけ」

「あ？」

一人《ひと》立《た》ち向《む》かうマオウを、６年生《ねんせい》たちが囲《かこ》む。中《なか》には、マオウの服《ふく》をつかんでるやつまでいる。

このままやられれば、マオウの俺様体質《おれさまたいしつ》も少《すこ》しは改《あらた》まるだろう。

……でも騒《さわ》ぎになったら、それはそれで面倒《めんどう》くさい。仕方《しかた》なく、ぼくはポケットからスマホを取《と》り出《だ》すと、カシャっと一枚《いちまい》、また一枚《いちまい》と写真《しゃしん》を撮《と》る。

たちまち、視線《しせん》がぼくに集《あつ》まる。

「6年生《ねんせい》が集団《しゅうだん》で5年生一人《ねんせいひとり》をフルボッコ……って、ないわ～」

「あ？」

「写真《しゃしん》、今《いま》すぐネットにアップする？　ずっと残《のこ》るよ？　なんなら特定《とくてい》されちゃうかもだよ？　先生《せんせい》に怒《おこ》られるどころじゃないよね？　あ〜ぼくのスマホ取《と》り上《あ》げてもムダだから。もう家《いえ》のPCに送《おく》っちゃったもんね〜写真《しゃしん》」言《い》われて、はっとする6年生《ねんせい》たち。互《たが》いに顔《かお》を見合《みあ》わせると「ちっ」と舌打《したう》ちして、その場《ば》から離《はな》れていく。

やり返《かえ》そうにも写真《しゃしん》がこちらにある限《かぎ》り、もうずっと無理《むり》ってわけだ。見《み》れば、ほっとする面々《めんめん》の中《なか》、マオウだけが一人《ひとり》ドヤ顔《がお》だった。

「な？　言《い》ったろ？　こいつはやりおる、とな」

マオウの声《こえ》に、あからさまにみんなの視線《しせん》が前《まえ》とは違《ちが》うものになる。

や、やめろよ。恥《は》ずかしいだろ。

……なんだか、こそばゆい。

そんなぼくをからかうように、ぽんと一《ひと》つぼくの肩《かた》をたたくマオウ。「ちょっと休憩《きゅうけい》しようぜ」と言《い》うと、何事《なにごと》もなかったかのように、みんなを引《ひ》き連《つ》れて水飲《みずの》み場《ば》へと歩《ある》き出《だ》した。

なんでぼくが・・・

ことば

写真《しゃしん》や動画《どうが》のアップロード②

ネット上《じょう》にアップされた写真《しゃしん》や動画《どうが》は、場合《ばあい》によっては半永久的《はんえいきゅうてき》に残《のこ》ります。ちょっとしたいたずら心《ごころ》でやったことが、世《よ》の中《なか》に広《ひろ》く知《し》れ渡《わた》ってしまい、取《と》り返《かえ》しのつかないことにもなりかねません。また近年《きんねん》、写真《しゃしん》や動画《どうが》を共有《きょうゆう》するサービスが流行《りゅうこう》し、人《ひと》の目《め》を引《ひ》こうと過激《かげき》なことをする人《ひと》がいます。日常生活《にちじょうせいかつ》で許《ゆる》されないことは、ネット上《じょう》でもやめましょう。

20

マオウつながる!?

「今日遅《きょうおそ》くなるから〜ごめんね‼」

朝《あさ》、お母《かあ》さんがバタバタと出社《しゅっしゃ》していく光景《こうけい》は、いつものことだ。

で、いつもと違《ちが》ったのは、その後《ご》。

普段《ふだん》ならぼくとマオウで騒《さわ》がしく、登校前《とうこうまえ》に朝《あさ》ご飯《はん》なんだけど……。

「レンの母親《ははおや》は呪術師《じゅじゅつし》なのか？」

テーブルにつくなり、マオウが顔《かお》をこわばらせる。

「……朝《あさ》から何《なん》だ？　うちのお母《かあ》さんをディスってんのか？」

「昨夜《さくや》、俺様《おれさま》がふとトイレに立《た》ったとき、おまえの母親《ははおや》がここでパソコンとやらに、奇妙《きみょう》な言葉《ことば》で長々《ながなが》と語《かた》りかけていたのだ。あれは呪術《じゅじゅつ》‼」

両肩《りょうかた》を抱《だ》きしめ、震《ふる》えるマオウ。

いや、おまえ魔王《まおう》なんだから、そこはむしろ、うちのお母《かあ》さんが本当《ほんとう》に呪術師《じゅつし》なら親近感《しんきんかん》わくとこじゃないか？

もちろん、そんなわけないけど。

ぼくは自分《じぶん》の分《ぶん》のごはんをよそって「それ、たぶんオンライン会議《かいぎ》だ」と、みそ汁《しる》をすする。

「お母《かあ》さんは外国《がいこく》に本社《ほんしゃ》がある銀行《ぎんこう》で働《はたら》いてて、時差《じさ》がある国《くに》の人《ひと》とときどき、そうやってネットを通《とお》して打《う》ち合《あ》わせするんだ。で、その奇妙《きみょう》な言葉《ことば》ってのは……たぶん英語《えいご》だ」

「英語《えいご》というのは……この国《くに》とは別《べつ》の国《くに》の言葉《ことば》だな。それなら、それはよしとしよう。だが、パソコンとやらに長々《ながなが》と語《かた》りかけるのは……？」

眉《まゆ》を寄《よ》せ、どこかぴんとこない表情《ひょうじょう》のマオウに、ぼくは自分《じぶん》のスマホを出《だ》して「おまえのも出《だ》せ」と指示《しじ》。そしてSNS「PINE《パイン》」でビデオ通話《つうわ》をタップ。するとたちまち、ぼくのスマホ画面《がめん》にマオウの顔《かお》が、マオウのそれにぼくの顔《かお》がそれぞれ映《うつ》し出《だ》される。

「スマホにはこんな機能《きのう》が!?」

マオウの生声《なまごえ》とほぼ同時《どうじ》に、ぼくのスマホからマオウの声《こえ》が再生《さいせい》される。

「スマホに限《かぎ》らず、ネットを使《つか》えばリアルタイムにつながれる。今《いま》は同《おな》じ室内《しつない》だけど、これをどこででもやれるのがオンライン会議《かいぎ》な」

「どこにいても、まるで顔《かお》を合《あ》わせているかのようになるわけだな!!」

らんらんと目《め》を輝《かがや》かせると、マオウは何《なに》を思《おも》ったのか、急《きゅう》に廊下《ろうか》に走《はし》り出《だ》し
「俺様《おれさま》が見《み》えるか!?　聞《き》こえるか!?」と、わくわく感丸出《かんまるだ》しで叫《さけ》んだ。

……ていうか、見《み》えるかどうかはともかく、そんな大声《おおごえ》なら、オンラインでなくても聞《き》こえる。ぼくは「はいはい」と適当《てきとう》にスルーし、お母《かあ》さんが作《つく》り置《お》いた卵焼《たまごや》きにはしをのばした。

そろそろ登校《とうこう》の時間《じかん》だ。これ食《た》べたら食器《しょっき》を洗《あら》って……と卵焼《たまごや》きを口《くち》に運《はこ》

ぼうとした、そのとき。「おいレンよ!!　これならどうだ!?」とマオウの声が遠《とお》くから聞《き》こえてきた。画面《がめん》を見《み》れば……まさかのトイレの中《なか》だった。

「お～ドアがあってもつながる!!」

喜《よろこ》びながら「せっかくトイレに入《はい》ったのだ。出《だ》すものを……」とマオウが、もぞもぞ動《うご》き出《だ》したところで、ぼくはビデオ通話《つうわ》を速攻《そっこう》で切《き》る。

人《ひと》が飯食《めしく》ってるときに……!!

「ん？　なんだ!?　画面《がめん》が……!?」

トイレで慌《あわ》てるマオウを無視《むし》して、ぼくはご飯《はん》を終《お》えると、食器《しょっき》を片付《かたづ》け「おまえは一生《いっしょう》そこにいろ」と言《い》い残《のこ》し、一人《ひとり》で学校《がっこう》に急《いそ》いだ。

「な……ちょ……え？　俺様《おれさま》はまだトイレが……ていうか朝飯《あさめし》も……おいレン!!　俺様《おれさま》を置《お》いてくな～!!」

ドタドタッ

ことば

オンライン

インターネットにつながっている状態《じょうたい》をオンラインといいます。新型《しんがた》コロナウイルスの流行《りゅうこう》をきっかけにして、ここ数年《すうねん》、オンラインによるリアルタイムの授業《じゅぎょう》や会議《かいぎ》などが飛躍的《ひやくてき》に増《ふ》えました。これらを可能《かのう》にするサービスも多《おお》く提供《ていきょう》されています。代表的《だいひょうてき》なサービスとして「Zoom」などが、よく知《し》られています。

21

マオウ0点《てん》!?

〈問《と》い　次《つぎ》のア〜オの中《なか》から正《ただ》しいものを一《ひと》つ選《えら》びなさい〉
答《こた》え　俺様《おれさま》に命令《めいれい》するな。
〈問《と》い　AさんとBさん、どちらが何分早《なんぷんはや》く目的地《もくてきち》に着《つ》きましたか〉
答《こた》え　知《し》るか。一緒《いっしょ》に行《い》け。
〈問《と》い　なぜ物語《ものがたり》の主人公《しゅじんこう》は泣《な》いたのでしょうか〉
答《こた》え　弱《よわ》いからだ。強《つよ》くなれ。
……これね、全部《ぜんぶ》マオウのテストの答《こた》えなんだ。
当然《とうぜん》、点数《てんすう》は0。
だけどキャラってことで、みんな納得気味《なっとくぎみ》。なんなら先生《せんせい》まで「マオウ君《くん》は相変《あいか》わらずだな～」って笑《わら》ってる。

いや、逆《ぎゃく》に突《つ》っ込《こ》まれるとマオウの正体《しょうたい》を明《あ》かすことになるんで、それはそれで困《こま》る。でもこんな答《こた》え、普通《ふつう》ドン引《び》きでしょ？　マオウの父親《ちちおや》の大魔王《だいまおう》が、マオウが人間界《にんげんかい》にすんなり溶《と》け込《こ》めるようにかけたという魔法《まほう》の力《ちから》なのかもだけど……にしても、ね？

で、テストだけじゃなく、他《ほか》も全部《ぜんぶ》この調子《ちょうし》なんだ。

「お～まだ書《か》いてるのか？」

その日《ひ》、家《いえ》で宿題《しゅくだい》の作文《さくぶん》を書《か》いてたら、マオウが話《はな》しかけてきた。「俺様《おれさま》はもう終《お》わったぞ」と余裕《よゆう》の笑《え》み。

ちなみに作文《さくぶん》の題《だい》は「将来《しょうらい》の夢《ゆめ》」。

「終《お》わったって……どうせ立派《りっぱ》な大魔王《だいまおう》になるとか書《か》いたんだろ？」

「ほう、よく分《わ》かったな」

……こんなやつ、話《はな》してもムダだ。

ぼくは何《なに》も聞《き》こえなかったかのように、原稿用紙《げんこうようし》に目《め》を落《お》とした。が、マオウは気《き》にせず「で、おまえの夢《ゆめ》は……」と勝手《かって》にのぞき込《こ》んできた。

「プログラマー？　何《なん》だそれは？」

「ああ、そういえばこのへんのこと教《おし》えてなかったな。プログラマーってのはプログラミングをする人《ひと》のことだ。で、プログラミングってのは早《はや》い話《はなし》、スマホなんかの機械《きかい》に指示《しじ》することだ。相手《あいて》が人《ひと》なら言葉《ことば》でいいけど、機械《きかい》はそうじゃないだろ？　だから機械《きかい》に分《わ》かる言葉《ことば》で指示《しじ》するんだ」

「……要《よう》するに、難《むずか》しい召喚魔法《しょうかんまほう》で魔物《まもの》どもを呼《よ》び出《だ》して操《あやつ》る感《かん》じだな」

召喚魔法《しょうかんまほう》も魔物《まもの》も知《し》らないぼくは、微妙《びみょう》にＹＥＳともＮＯとも言《い》いにくい。

ここはスルーして話《はなし》を進《すす》めよう。

「で、ぼくはプログラマーになって、例《たと》えば……ネット技術《ぎじゅつ》を一変《いっぺん》させるような何《なに》かを生《う》み出《だ》すとかしたいんだ。起業《きぎょう》なんかしちゃったりしてね」

語《かた》りながら、夢《ゆめ》が膨《ふく》らむ。

今《いま》から何年後《なんねんご》か、そもそも実現《じつげん》するか分《わ》からないけど、世界中《せかいじゅう》の人《ひと》がぼくの作《つく》り出《だ》したものを使《つか》ってる姿《すがた》なんかを思《おも》うと……わくわくする。

ところが、だ。

「さすがは俺様《おれさま》が見込《みこ》んだ男《おとこ》!!」

面倒《めんどう》な声《こえ》が割《わ》り込《こ》んできた。

「つまりレンの夢《ゆめ》は、この世界《せかい》を支配《しはい》するということだな？」

……どこをどう理解《りかい》したらその結論《けつろん》になる？　ぽかんとするぼくを置《お》いて、マオウは一人《ひとり》で勝手《かって》に納得《なっとく》している。

「プログラミングなる召喚魔法《しょうかんまほう》で魔物《まもの》どもを――機械《きかい》を操《あやつ》り、この世界最強《せかいさいきょう》の武器《ぶき》――ネットさえ我《わ》が物《もの》にしようとは、まさに支配者《しはいしゃ》!!　実《じつ》に愉快《ゆかい》!!　世《せ》界《かい》は違《ちが》えど我《わ》が夢《ゆめ》と同《おな》じ!!」

……ぼくは全然愉快《ぜんぜんゆかい》じゃない。むしろマオウの夢《ゆめ》と一緒《いっしょ》にされて迷惑《めいわく》だ。

ぼくは今度《こんど》こそ無視《むし》を決《き》め込《こ》み、せっせと原稿用紙《げんこうようし》に鉛筆《えんぴつ》を走《はし》らせた。

実《じっ》に愉快《ゆかい》
……

こ と ば

プログラミング

コンピューターに対《たい》し、コンピューターが分《わ》かる言《こと》葉《ば》「プログラミング言語《げんご》」で指示《しじ》を伝《つた》えることです。プログラミング言語《げんご》は一般的《いっぱんてき》にアルファベットや数字《すうじ》、記号《きごう》の並《なら》びで種類《しゅるい》は多数《たすう》あります。今《こん》後《ご》コンピューターのさらなる進歩《しんぽ》が予想《よそう》される中《なか》、コンピューターの基本《きほん》として小学校《しょうがっこう》でも必《かなら》ず学《まな》びます。また2025年からはプログラミングを含《ふく》む「情報《じょうほう》Ⅰ」が大学受験《だいがくじゅけん》の科目《かもく》になります。

22 マオウ目《め》障《ざわ》り!?

ぼく——大崎《おおさき》レンの家《いえ》に「マオウ」こと魔王《まおう》が転生《てんせい》して、半年《はんとし》がたつ。

もう半年《はんとし》……いや、まだ半年《はんとし》。

父《ちち》の大魔王《だいまおう》に命令《めいれい》されたという、人間界最強《にんげんかいさいきょう》の武器《ぶき》——インターネットを学《まな》ぶというミッションは道半《みちなか》ば。ていうかマオウの場合《ばあい》、ネットうんぬんの前《まえ》に、人間界《にんげんかい》になじめって話《はなし》だ。

今日《きょう》だってそう。

ぼくの「いとこ」として一緒《いっしょ》に住《す》むマオウは、いつも通《どお》りの俺様体質《おれさまたいしつ》。

学校《がっこう》から帰《かえ》ると、今日《きょう》は友《とも》だちと遊《あそ》ぶ約束《やくそく》がないらしく、部屋《へや》でだらだらスマホで動画《どうが》ざんまい。ぼくは宿題《しゅくだい》をしてたんだけど、部屋《へや》にそんなのがいると普通《ふつう》に気《き》が散《ち》って仕方《しかた》がない。

「どっか行《い》けよ、目障《めざわ》りだ」

「あ？　俺様《おれさま》の前《まえ》で宿題《しゅくだい》などする方《ほう》が悪《わる》いのだ、愚《おろ》か者《もの》め」

「その愚《おろ》か者《もの》に、ネットのことを毎回学《まいかいまな》んでんのは誰《だれ》だ？」

「ま～契約《けいやく》だからな」

勝《か》ち誇《ほこ》ったようなマオウの笑《え》み。

……そうだった。こいつが転生《てんせい》してきたとき、いろいろあって「ネットのことを教《おし》えてやる」って契約《けいやく》させられたんだ。で、これを破《やぶ》ると、ぼくはこの世《よ》から消《き》える――つまり、ネットのことを教《おし》えきるまで我慢《がまん》しかない。

……そういうとこだけ、ちゃっかり魔王《まおう》なんだよな、こいつ。ていうか、いつまで続《つづ》くんだろ、この生活《せいかつ》？

結局《けっきょく》、今日《きょう》はぼくが折《お》れ、近所《きんじょ》の図書館《としょかん》に場所《ばしょ》を変《か》えようと家《いえ》を出《で》た。

そのとき。

「君《きみ》このへんに住《す》んでんの？」

突然《とつぜん》、知《し》らない女《おんな》の人《ひと》に声《こえ》を掛《か》けられた。制服姿《せいふくすがた》の……高校生《こうこうせい》くらい？

「あれ？　いつものボケの子《こ》は？　ほら、裸足《はだし》が目印《めじるし》の子《こ》だよ。ツッコミの君《きみ》と2人《ふたり》でセットじゃん？」

ボケの子《こ》とは、きっとマオウだ。

魔界《まかい》の風習《ふうしゅう》では全裸《ぜんら》だけど、この世界《せかい》で全裸《ぜんら》はヤバいから、靴下《くつした》をはかないことだけが唯一《ゆいいつ》のプライド。……そんなやつ、この世《よ》に一人《ひとり》しかいない。

いや、それよりぼくがツッコミ!?　漫才《まんざい》じゃないっての!!

ていうか、何《なん》でこの人《ひと》、ぼくらのこと知《し》ってんの!?

ぐるぐると謎《なぞ》が頭《あたま》を駆《か》け巡《めぐ》る中《なか》、その人《ひと》は「ごめんごめん」と笑《わら》った。

「よく君《きみ》ら見《み》かけてたんだ。ほら、駅《えき》の向《む》こうのパン屋《や》さんとか、スーパーでカレー買《か》うときとか……」

ああ……思《おも》い出《だ》される黒歴史《くろれきし》。

パン屋《や》さんは同級生《どうきゅうせい》の家《いえ》で、マオウが授業中《じゅぎょうちゅう》に借《か》りパクした教科書《きょうかしょ》を返《かえ》しに、スマホでGPSを見《み》ながら行《い》った。スーパーではカレーを買《か》おうとしたら、スマホの検索《けんさく》で変《へん》な情報《じょうほう》を仕入《しい》れたマオウが騒《さわ》ぎ出《だ》して……。

もしかして、ぼくらって悪《わる》い意味《いみ》で、ご近所《きんじょ》の有名人《ゆうめいじん》⁉ やばい人扱《ひとあつか》い⁉

真《ま》っ暗《くら》な想像《そうぞう》に、目《め》の前《まえ》も真《ま》っ暗《くら》。よろめくぼくに、その人《ひと》は「ま〜コンビだからって、ずっと一緒《いっしょ》ってこともないか〜」と勝手《かって》に納得《なっとく》していた。

待《ま》て！　勝手《かって》にコンビにするな‼

言《い》いかけるぼくに、でもその人《ひと》は「これからも楽《たの》しみにしてるよ、レン君《くん》」と、さっさと歩《ある》き出《だ》してしまった。

……何《なん》なんだ、あの人《ひと》。

ぼくはぽかんとして、だけどすぐに気《き》づく。初対面《しょたいめん》で、何《なん》でぼくの名前《なまえ》知《し》ってんの？　これまでのマオウとの会話《かいわ》を立《た》ち聞《ぎ》きしてたから……か？

あやしい……。

これからも楽《たの》しみにしてるよ
レン君《くん》♪

そして

まさか、後《のち》にこのあやしい人が、
ぼくらを振《ふ》り回《まわ》すことになるなんて

ぼくはこのとき、想像《そうぞう》すらしていなかった

（つづく）

魔《ま》王《おう》城《じょう》
魔王様《まおうさま》が帰還《きかん》されたぞ!!
お久《ひさ》しぶりでございます魔王様《まおうさま》
うむ 皆《みな》の者《もの》苦《くる》しゅうない
魔王様《まおうさま》
お父上《ちちうえ》（大魔王《だいまおう》）に黙《だま》って魔界《まかい》に戻《もど》られてよいのですか?
口《くち》うるさいぞドラキュラ伯《はく》
俺様《おれさま》は皆《みな》にこれを自慢《じまん》したいのだ!!
バァアンッ

何《なん》だ この板《いた》は!!
魔導鏡《まどうきょう》か!? 光《ひかり》の中《なか》に呪文《じゅもん》が…
☆picpoc
すべて ライブ 音楽 ゲーム
それだけではない 音《おと》も封印《ふういん》されておる
――いや 人間《にんげん》までも この中《なか》に…
まさか…魔王様《まおうさま》
お一人《ひとり》で人間《にんげん》をこの小《ちい》さな板《いた》に閉《と》じ込《こ》められたのか!?
ふふふ
それだけではないぞ!!
この中《なか》にはマンガもゲームもいっぱいあるのだ!! ホトケの拳《けん》はおもしろいぞ
マンガ? ゲーム!?!?
人間界《にんげんかい》を手中《しゅちゅう》に収《おさ》めるだけでなく我々《われわれ》の知《し》らぬ知識《ちしき》を語《かた》られるとはなんというご成長《せいちょう》…
ポンッ

何《なに》をえらそうに
スマホで自分《じぶん》を大《おお》きく見《み》せちゃって
レ…レン!? なぜここにいる!?
おまえの帰還魔法《きかんまほう》に巻《ま》き込《こ》まれたんだよ さっさと家《いえ》にぼくを戻《もど》せ!!
人間《にんげん》 人間《にんげん》がいる!?
それに ぼくに黙《だま》って魔界《まかい》に帰《かえ》るなんて…
そうか…レン 俺様《おれさま》がいないと寂《さび》しくて追《お》って来《き》たのだな
ムカッ
そんなわけないだろ!!
授業中《じゅぎょうちゅう》に熟睡《じゅくすい》してる…
ぐぬぬぬ…耳《みみ》をひっぱるでない…
zzz…

※物語《ものがたり》は架空《かくう》のものです。インターネットの利用《りよう》などは、
必《かなら》ず保護者《ほごしゃ》と相談《そうだん》してください。

この物語《ものがたり》は２０２２年《ねん》10月《がつ》から２０２３年《ねん》9月《がつ》まで毎《まい》日《にち》小学生《しょうがくせい》新聞《しんぶん》で連載《れんさい》された『転生《てんせい》魔王《まおう》のネット戦略《せんりゃく》』に加筆《かひつ》修正《しゅうせい》しました。

作《さく》　ないとーえみ

福岡県《ふくおかけん》生《う》まれ。好《す》きな言葉《ことば》は「人生《じんせい》とお菓子《かし》は甘《あま》い方《ほう》がいい」。他《ほか》に『俺《おれ》のマネースキルが爆《ばく》上《あ》げな件《けん》1』(JTBパブリッシング)がある。

絵《え》　しらたま

大阪府《おおさかふ》生《う》まれ。描《か》いていて楽《たの》しいキャラはマオウ。
普段《ふだん》は「ほの香《か》」名義《めいぎ》で漫画家《まんがか》。X(旧《きゅう》Twitter)アカウントは「ほの香《か》@また吉本舗《きちほんぽ》(https://x.com/RJKplDmaUYypsp7)」。

Special Thanks
知己夕子《ちきゆうこ》

２巻予告《かんよこく》

転生《てんせい》魔王《まおう》のネット戦略《せんりゃく》２

AI、ビッグデータ、炎上《えんじょう》……ますますノンストップで暴走《ぼうそう》する俺様体質《おれさまたいしつ》のマオウに、レンはもううんざり。振《ふ》り回《まわ》されてばかりの日々《ひび》に、レンが「ぼくはおまえの保護者《ほごしゃ》じゃない!!」と言《い》えば「魔王《まおう》に保護者《ほごしゃ》など不要《ふよう》!!」とマオウはどこ吹《ふ》く風《かぜ》。だけど、そんなマオウがある日《ひ》……。二人《ふたり》の友情《ゆうじょう》が今《いま》試《ため》される!?

◎2024年《ねん》12月《がつ》発売予定《はつばいよてい》

転生《てんせい》魔王《まおう》のネット戦略《せんりゃく》１

2024年《ねん》11月《がつ》15日《にち》 初版印刷《しょはんいんさつ》
2024年《ねん》12月《がつ》1日《ついたち》 初版発行《しょはんはっこう》

作《さく》 ないとーえみ
絵《え》 しらたま

編集人《へんしゅうにん》 長岡平助《ながおかへいすけ》
発行人《はっこうにん》 盛崎宏行《もりさきひろゆき》
発行所《はっこうじょ》 JTBパブリッシング
〒135-8165
東京都江東区豊洲《とうきょうとこうとうくとよす》 5-6-36
豊洲《とよす》プライムスクエア 11 階《かい》

装丁《そうてい》・デザイン おおうちおさむ（ナノナノグラフィックス）
山田彩純《やまだあすみ》（ナノナノグラフィックス ）
印刷《いんさつ》 TOPPAN クロレ

編集内容《へんしゅうないよう》や、商品《しょうひん》の乱丁《らんちょう》・落丁《らくちょう》のお問合《といあわ》せはこちら
https://jtbpublishing.co.jp/contact/service/

ISBN 978-4-533-16278-7 C8393 244567 710000